ÉTONNANTS • CLASSIQUES

LA BELLE ET LA BÊTE

Jeanne-Marie Leprince de Beaumont

Appareil pédagogique
par Anne Bervas-Leroux

Flammarion

SOMMAIRE

TOUT POUR COMPRENDRE

Pages 5 à 26

➤ Découvrir le contexte

➤ Découvrir l'œuvre

LA BELLE ET LA BÊTE

AUTOUR DE *LA BELLE ET LA BÊTE* : QUATRE CONTES POPULAIRES

TOUT POUR RÉUSSIR

Pages 79 à 126

➤ Questions sur l'œuvre

➤ Groupements de textes

➤ Arts et médias

TOUT POUR COMPRENDRE

DÉCOUVRIR
LE CONTEXTE
+
L'ŒUVRE

BIOGRAPHIE

Une grande pédagogue encore méconnue

➤ Une vocation d'enseignante

Jeanne-Marie Leprince naît à Rouen en 1711. Elle perd sa mère à onze ans et son père, Jean-Baptiste-Nicolas Leprince, maître sculpteur alors ruiné, la place en 1725 dans une institution religieuse où elle **suivra une formation sérieuse et fera ses premiers pas de professeur**. Puis elle décide de quitter sa Normandie natale et retrouve son père à Metz. Elle devient la gouvernante de la fille aînée de la duchesse de Lorraine, à la cour de Lunéville. Elle s'y marie en 1743 mais cette **première union sera malheureuse** et rapidement déclarée nulle. Après l'échec d'un deuxième mariage, elle sera **obligée de subvenir à ses besoins**. Elle quitte la France et s'installe à Londres en 1748.

➤ Une femme indépendante qui travaille et vit de sa plume

Sa réputation de pédagogue hors pair la précède en Angleterre et elle devient la **gouvernante de jeunes aristocrates**. Elle doit leur inculquer les connaissances nécessaires à la bonne éducation d'une jeune fille de l'époque, mais aussi leur enseigner le français, langue parlée alors par tous les milieux cultivés en Europe. Elle cherche des textes comme supports à des exercices d'apprentissage du français, les réécrit, les simplifie et les intègre à la trame de ses livres de classe, comme le conte de Mme de Villeneuve intitulé *La Belle et la Bête*.

➤ Une femme de lettres au temps des Lumières

Mme Leprince de Beaumont décide de rentrer en France en 1764. Son gendre et sa fille Elisabeth l'accompagnent mais son troisième époux, Thomas Pinchon, reste à Londres et s'éteint en 1781 sans l'avoir revue. Elle s'installe alors à Chavanod en Savoie. Célèbre et animée d'une véritable vocation pédagogique, elle continue à publier des ouvrages qui font référence. Elle s'éteint à soixante-dix ans passés en 1780 après avoir publié plus de soixante livres. Nul ne sait où son corps repose.

CONTEXTE

Le siècle du conte

➤ Un projet des Lumières

Mme Leprince de Beaumont naît au début du XVIIIe siècle et n'est pas étrangère au mouvement des Lumières, qui accorde tant de prix à la raison, à la liberté et à l'instruction – valeurs garantes du progrès et du bonheur des peuples. Tout en gardant une perspective chrétienne et éclairée, elle souhaite donner aux jeunes filles dont elle a la charge la même éducation que celle dont bénéficiaient les garçons à l'époque[1]. Ainsi, au gré des pages de ses manuels, elle vulgarise auprès d'un large public les théories et les expériences scientifiques les plus récentes. C'est bien là un projet d'émancipation conforme à son siècle.

➤ Naissance d'un genre : le conte littéraire

Connaissez-vous les *Contes de ma mère l'Oye* (1697) de Charles Perrault ? Cet auteur fut l'un des premiers à mettre à l'honneur le genre mineur des contes. Son recueil fut le point de départ d'une vogue littéraire qui devait durer tout le XVIIIe siècle. Cette œuvre révéla aux lecteurs cultivés de l'époque la richesse de l'imaginaire transmis

1. Elle écrit à propos de ses jeunes élèves : « J'ai dessein d'en faire des Logiciennes, des Géomètres et même des Philosophes. Je veux leur apprendre à penser juste pour parvenir à bien vivre », préface au *Magasin des enfants*, 1756, page XI.

par la tradition orale et la littérature médiévale, déjà connues d'un large public populaire.

Cependant, ces contes sont bien moins simples qu'il n'y paraît et c'est pourquoi ils séduisent aussi bien les enfants que les adultes. Perrault joue sur les attentes diversifiées de ses lecteurs : il s'adresse aux lettrés de la cour, ravis qu'on leur raconte et « mitonne » ainsi de plaisantes histoires – l'expression est de Mme de Sévigné[1]. Mais il écrit aussi pour les enfants, qui joueront à vaincre leurs peurs en rencontrant ogres et loups, en s'identifiant à des héros qui sortent transformés et grandis des épreuves surmontées. Perrault ouvre ainsi la voie à d'autres conteurs comme Mme de Villeneuve (1695-1755), qui adaptera pour le milieu littéraire les versions orales des contes populaires, et en particulier celle de *La Belle et la Bête*.

➤ Le conte littéraire : un outil pédagogique inédit

Mme Leprince de Beaumont choisit elle aussi des contes qu'elle réécrit pour ses élèves anglaises. Elle les intègre à son manuel d'éducation le plus célèbre, *Le Magasin des enfants*, qui paraît en 1756. Son succès est tel que l'édition anglaise est suivie de nombreuses traductions étrangères. On va jusqu'à faire des éditions séparées de ces contes à visée pédagogique, tant ils plaisent aux jeunes lecteurs du XVIIIe siècle. Or, il existe peu d'ouvrages à l'époque qui leur soient destinés. Par son travail d'adaptation original, Mme Leprince de Beaumont invente en quelque sorte la littérature de jeunesse. En cela aussi, elle est un véritable précurseur.

1. Mme de Sévigné, lettre du 6 août 1677.

EN UN COUP D'ŒIL

Chronologie

A **1697** : parution des *Contes* de Charles Perrault.

1711 : naissance de Mme Jeanne-Marie Leprince à Rouen.

1715 : mort de Louis XIV.

1725 : elle rentre dans une institution religieuse (études et formation).

1735 : elle devient préceptrice (professeur particulier) pour de jeunes aristocrates en Lorraine.

1737 : premier mariage, avec Claude-Antoine Malter.

B **1740** : parution d'un conte littéraire de Mme de Villeneuve intitulé *La Belle et la Bête*.

1743 : deuxième mariage, avec M. Grimard de Beaumont.

A

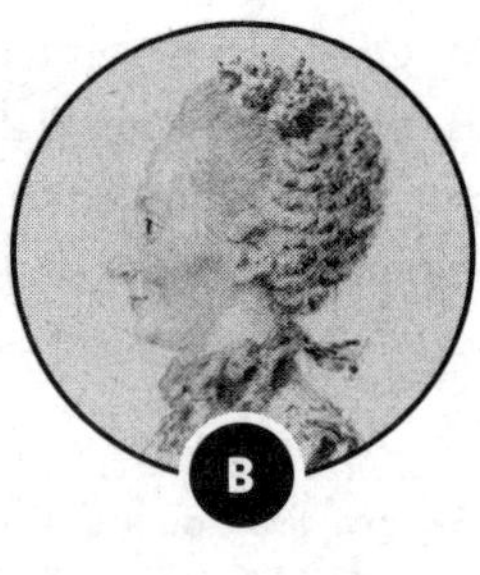

B

C 1748 : après ce mariage malheureux, elle se rend à Londres où elle devient la gouvernante de jeunes filles de la haute société anglaise.

1756 : publication de *La Belle et La Bête* dans un manuel d'éducation (*Le Magasin des enfants*).

1762 : parution d'*Émile ou De l'éducation* de Jean-Jacques Rousseau.

1762 : retour en France, *Le Magasin des enfants* devient une référence : l'ouvrage est traduit dans toute l'Europe.

26 avril ou 8 juillet 1780 : mort de Mme Leprince de Beaumont à Avallon ou Paris : une des zones d'ombre de son existence.

1785 : parution du *Cabinet des fées* (compilation de contes merveilleux qui reprend celui de Mme Leprince de Beaumont).

1789 : début de la Révolution française.

D **1812** : parution des *Contes de l'enfance et du foyer* des frères Grimm.

1835 : parution du premier recueil des *Contes* d'Andersen.

GENÈSE ET GENRE DE L'ŒUVRE

Un conte peut en cacher un autre !

Par une série d'emprunts et de réécritures, le conte de Mme Leprince de Beaumont puise sa force et son charme dans un héritage littéraire qui fait de lui un texte patrimonial incontournable.

➤ Le conte littéraire de Mme de Villeneuve

Mme de Villeneuve fait paraître en 1740 une histoire très proche de *La Belle et la Bête* dans un roman intitulé *La Jeune Américaine ou les Contes marins*. Mais ce n'est qu'une histoire insérée dans un texte beaucoup plus long qui, lui-même, n'est pas destiné *a priori* à des enfants. Mme Leprince de Beaumont retient les leçons qu'elle peut tirer de ce conte, le reprend à son compte, le réduit considérablement et en supprime tout ce qui n'entre pas dans son projet pédagogique.

➤ Un mythe puissant et fertile : Amour et Psyché

Si l'on remonte plus loin encore, on retrouve la source de ce motif de l'époux monstrueux dans un texte fameux de l'Antiquité latine, *Amour et Psyché*, qui appartient lui aussi à un roman du IIe siècle, *L'Âne d'or* d'Apulée. Comme notre héroïne, Psyché est offerte à un monstre dont on dit qu'il la dévorera ; elle est reçue comme une princesse par son hôte, avec un concert sans musicien. Remy de

Gourmont n'hésite pas à considérer que « le conte de la Belle et la Bête, va de pair avec Psyché[1] » (voir p. 94).

➤ Le conte populaire : le fiancé animal

Cette histoire semble avoir traversé les siècles. La tradition orale a repris le motif de l'époux monstrueux. Mme de Villeneuve a vraisemblablement eu connaissance d'un de ces contes populaires, qu'elle a réécrit et placé dans son roman. Cette circulation des histoires a trouvé son aboutissement dans le conte de Mme Leprince de Beaumont, qui lui a rendu la force poétique du conte oral tout en lui assurant une postérité sans faille.

➤ Le conte merveilleux

L'étymologie du mot « conte » vient du verbe latin *computare* qui veut dire « compter » : c'est une histoire brève mais efficace qui mène le héros à son accomplissement grâce à une trame narrative ordonnée, quasi mathématique. On peut repérer facilement les épisodes constitutifs de cette forme simple, de l'*incipit* au dénouement moral et heureux. On peut aussi identifier les stéréotypes de ses personnages traditionnels. Mais le charme immémorial de ces histoires[2] ne s'appuie pas seulement sur la mécanique du conte[3] et ses effets de structure : ses motifs puisés aux sources du mythe stimulent aussi l'imaginaire du lecteur et facilitent sa rêverie.

....

1. Remy de Gourmont, « Les contes de fées », Promenade littéraire, *The Weekly Critical Review*, 19 février 1904.

2. Le conte le plus ancien serait égyptien : le *Conte des deux frères* date du XIIe siècle avant J.-C.

3. Pour paraphraser l'image de Claude Bremond (1929-2021) qui compare le conte à un « Meccano » (un jeu de construction), *Logique du récit*, Seuil, 1974.

➤ Un conte littéraire et moral : plaire et instruire

« **Une morale nue apporte de l'ennui/Le conte fait passer le précepte avec lui** » (« Le pâtre et le lion », La Fontaine, *Fables*, VI).

Mme Leprince de Beaumont est consciente de cette séduction des contes ; c'est pourquoi elle les utilise dans *Le Magasin des enfants* « pour amuser agréablement les élèves[1] », en les faisant alterner avec des récits bibliques, des connaissances géographiques ou des leçons de biologie. Une fois la leçon achevée, Mlle Bonne, la gouvernante (et double de l'autrice), leur lit un conte en guise de récréation. *Le Magasin des enfants* délivre ainsi des rudiments de culture scientifique et religieuse tout en proposant un ensemble de quatorze contes au lecteur.

Cependant, si le conte est un genre à la mode pendant tout le XVIIIe siècle, il n'a pas toujours bonne réputation auprès des pédagogues. Certains lui reprochent, comme Jean-Jacques Rousseau, de corrompre les jeunes esprits par des histoires sans queue ni tête. Aussi Mme Leprince de Beaumont recherche-t-elle des récits pouvant à la fois amuser et éduquer[2].

C'est ainsi par exemple qu'elle choisit un conte de Perrault, *Riquet à la houppe*, qui deviendra sous sa plume *Le Prince Spirituel*[3]. Elle fréquente aussi les écrits de ses contemporains dont Mme de Villeneuve à qui elle emprunte une des variations de *La Belle et la Bête*. Conformément à son projet éducatif, un petit dialogue suit ce conte entre la gouvernante et une de ses élèves, Lady Spirituelle, âgée de douze ans, qui souffre de n'être pas aussi jolie qu'elle le souhaiterait.

....

1. « Il ne faut pas que [les enfants] soupçonnent que je veux les instruire ». Avertissement au *Magasin des enfants*, 1756.
2. *Idem*.
3. Voir dossier, p. 111.

Comme la jeune fille adore les contes, la gouvernante trouve dans *La Belle et la Bête* le moyen de l'aider à s'accepter, en explicitant la morale du conte qui invite à ne pas se fier aux apparences et à croire aux vertus de l'amour.

Ainsi, tout en divertissant, le récit console et instruit. L'autrice réinvente le conte littéraire pour en faire un conte moral adapté aux enfants [1].

➤ Un conte poétique toujours moderne

En dépit d'un certain didactisme du propos et de sa leçon morale très appuyée, le conte de *La Belle et La Bête* garde aujourd'hui encore sa grâce naïve et son pouvoir de fascination. Il se démarque des autres contes littéraires du XVIIIe siècle par sa brièveté élégante, la netteté de ses enchaînements et sa poésie simple. Ce conte, remanié à des fins pédagogiques, a connu une étonnante postérité : il n'a cessé d'être réédité, étudié et d'inspirer des créateurs qui l'ont adapté au théâtre, à l'opéra ou encore au cinéma (voir p. 116). C'est en cela que *La Belle et la Bête* est un conte patrimonial et universel, suffisamment souple pour se prêter à de multiples variations et fasciner encore aujourd'hui.

....

1. « Proportionné à leur jeune âge ». Avertissement au *Magasin des enfants*, 1756.

POUR MIEUX INTERPRÉTER

Un conte sensible

Le critique littéraire Remy de Gourmont (1858-1915) considère ***La Belle et la Bête*** **comme un « poème d'une profonde sensibilité**[1] ». Par cette formule étonnante, il rend à l'œuvre de Mme Leprince de Beaumont sa complexité littéraire et reconnaît sa nature hybride, entre conte et poésie.

➤ Une histoire morale pensée pour l'édification[2] des jeunes filles

Le sous-titre du *Magasin des enfants* est tout un programme : « Dialogues d'une sage gouvernante avec ses élèves dans lesquels on fait penser, parler, agir les jeunes gens ». Déplaçant le conte d'un cadre romanesque à celui d'un manuel d'éducation, Mme Leprince de Beaumont en enrichit la fonction : elle veut faire réfléchir ses jeunes élèves. Elle privilégie les passages dialogués dans le conte où la Belle elle-même échange avec la Bête et parle à cœur ouvert : « Je ne sais pas mentir », dit-elle, tandis que son interlocuteur lui avait déclaré : « Je n'aime pas les compliments, moi, je veux qu'on dise ce que l'on pense » (p. 35), valorisant ici la sincérité au détriment d'une hypocrisie sociale. C'est donc tout un enseignement qui passe par la parole des personnages et renforce les leçons que l'on pourra tirer de l'évolution des protagonistes. En effet, le conte condamne au fil du récit les

1. Remy de Gourmont, « Les contes de fées », *op. cit.*
2. **L'édification** : action qui permet de mettre en valeur la morale, les vertus et les actions justes.

défauts des sœurs et présente la Belle comme un modèle à imiter. À la seule beauté physique et à la finesse intellectuelle, on préfère les vertus morales, en particulier la bonté et la générosité qui unissent les deux personnages du titre. La métamorphose finale est l'aboutissement de cet enseignement puisqu'elle montre comment la Belle sauve la Bête par un amour sans condition.

➤ Un conte populaire qui aide les jeunes filles à quitter le monde de l'enfance

Mais le conte littéraire renoue également avec le récit d'apprentissage des contes populaires qui avaient pour vocation de préparer les jeunes filles à accepter les liens du mariage, à fonder une famille, à gérer les liens familiaux. L'étrangeté de maris animaux (loup, ours et poulain, voir p. 52) ou du monstre hybride de la Bête peut représenter la peur de l'inconnu et d'un mariage auquel on n'est pas forcément préparée. C'est toute la logique de cette histoire que de montrer comment le sacrifice de la Belle pour son père devient la source de son amour pour la Bête. Le conte permet ainsi, par le subterfuge des personnages, d'apprivoiser l'étrangeté, la différence radicale du monstre pour aller au-delà des apparences et dépasser nos peurs. Le film de Cocteau (voir p. 116) ne réussit-il pas à nous faire préférer la Bête au Prince qui déçoit ?

➤ Un scénario pour rêver sa vie

C'est d'ailleurs la force de cette histoire protéiforme [1] que d'adoucir les leçons souvent cruelles des contes oraux, d'apaiser la situation inconfortable des jeunes filles qui deviennent des épouses. En effet, la Bête est énigmatique : elle semble cruelle mais elle est surtout généreuse et attentionnée. Elle est monstrueuse, certes, mais elle force le respect par sa grandeur d'âme et, de menaçante, elle devient aimante. La conteuse gomme les détails sans affadir [2] l'histoire ; par exemple, elle ne donne pas la cause du sortilège qui a frappé le Prince. Elle ne fait pas de descriptions précises de la Bête, laissant l'initiative au lecteur (et aux nombreux illustrateurs qui se sont emparés de ce conte). On peut donc rêver sur ces ellipses et ces omissions. Le conte dépasse le cadre contraint du manuel scolaire, des schémas et des stéréotypes : il s'échappe et traverse les siècles pour venir à notre rencontre et nous inciter au rêve. C'est pour cela que Remy de Gourmont a pu parler de *La Belle et la Bête* comme du « chef-d'œuvre des contes [3] ».

1. **Protéiforme** : qui a de nombreuses formes, qui en change souvent.
2. **Affadir** : rendre fade, sans intérêt.
3. Remy de Gourmont, « Les contes de fées », *op. cit.*

STRUCTURE

La composition du conte

! Le conte est un récit court, organisé de façon simple par une série d'étapes facilement reconnaissables. Recopie le tableau ci-dessous et complète la colonne de droite au fur et à mesure de ta lecture.

La situation initiale	
Un coup du sort : la famille ruinée	Après une existence confortable, la famille d'un très riche marchand, père de la Belle, est ruinée et doit se retirer à la campagne.
Modifications	
Coup de théâtre ! Découverte du château de la Bête Transgression du père	....
Actions ou péripéties	
La Belle sauve son père	....
La Belle chez la Bête : demandes en mariage refusées	....
Transgression de la Belle	....
Élément de résolution	
La Belle sauve la Bête	....
La situation finale	
Un coup de baguette magique !	....

Le **schéma actanciel** présente les liens qui relient les personnages d'un récit entre eux.

C'est l'histoire de [nom du personnage] qui veut [l'objet de la mission] car [sa motivation]. Il est aidé en cela par [un auxiliaire] mais [l'opposant] veut l'en empêcher.

Les protagonistes du conte

Chaque conteur organise à sa guise les relations entre les membres de la fratrie de la Belle : Mme de Villeneuve avait choisi la symétrie symbolique de six filles et six garçons. Jean Cocteau donnera à Belle les deux sœurs du conte et un frère, mauvais garçon. Quant à Mme Leprince de Beaumont, elle fait rentrer la Belle dans un jeu de comparaison avec ses deux sœurs et laisse quasi sous silence le rôle des trois frères.

La Belle

C'est l'héroïne du conte : elle ne porte pas un prénom mais un surnom, comme Cendrillon. Parée de toutes les vertus, elle allie beauté et bonté, patience et bienveillance. C'est le personnage valorisé du conte qui va entrer dans un système d'opposition avec ses sœurs.

La Bête

C'est un monstre qui est l'opposant du schéma actanciel. Il effraie et menace de mort mais en même temps, il accueille le père comme la Belle avec générosité. C'est un personnage complexe qui va évoluer au cours du conte.

Le père de la Belle

C'est un personnage clef puisque c'est lui qui va cueillir la rose à l'origine de toute l'histoire. C'est un père aimant dont la Belle ne veut pas se séparer.

Les deux sœurs

Elles sont désignées dans le conte par leur lien familial avec la Belle. Elles incarnent tous les défauts par opposition aux qualités de la Belle. Elles entrent ainsi dans le système des personnages du conte moral qui a une structure simple, voire manichéenne [1].

1. **Manichéenne** : qui oppose le bien et le mal, l'ombre et la lumière, avec peu de nuance.

■ **Affiche du film *La Belle et la Bête* de Jean Cocteau, avec Jean Marais (la Bête) et Josette Day (la Belle), 1946.**

EN UN COUP D'ŒIL

Carte mentale

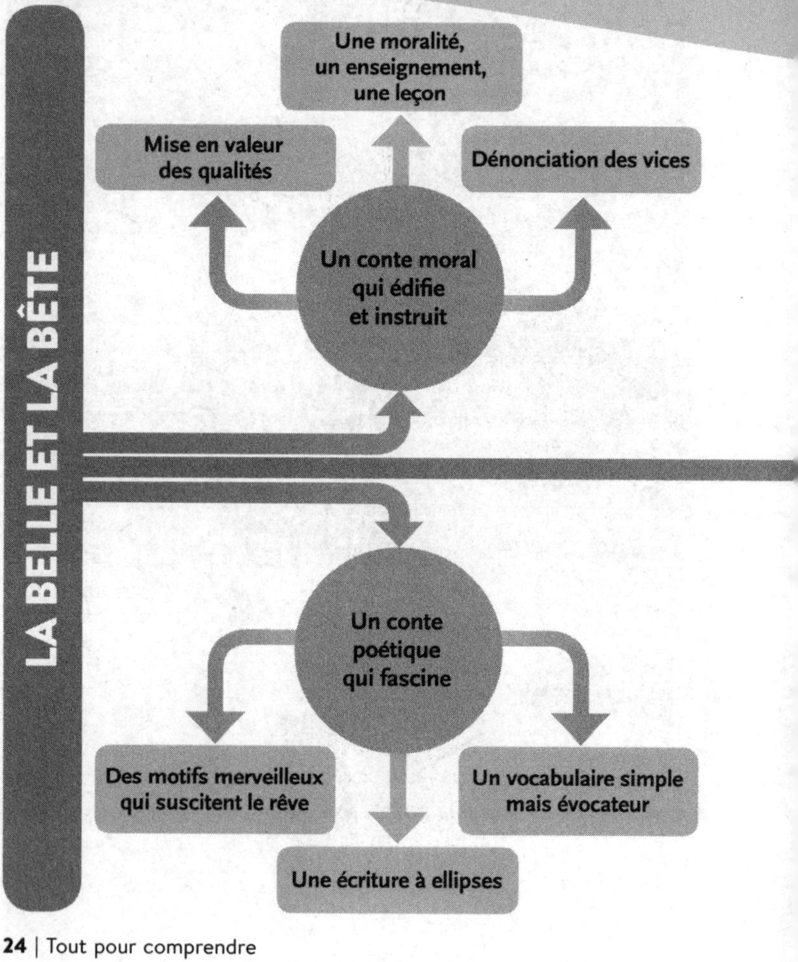

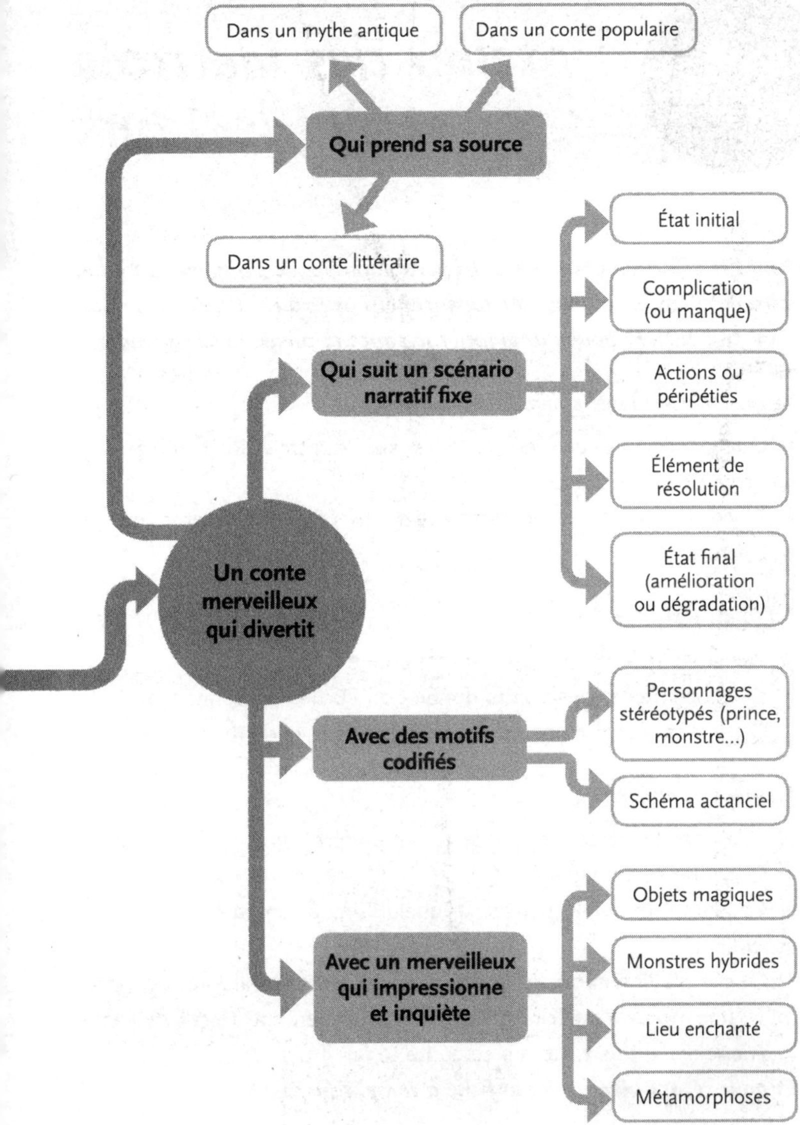
Dans un mythe antique
Dans un conte populaire
Qui prend sa source
Dans un conte littéraire
État initial
Complication (ou manque)
Qui suit un scénario narratif fixe
Actions ou péripéties
Élément de résolution
État final (amélioration ou dégradation)
Un conte merveilleux qui divertit
Personnages stéréotypés (prince, monstre…)
Avec des motifs codifiés
Schéma actanciel
Objets magiques
Avec un merveilleux qui impressionne et inquiète
Monstres hybrides
Lieu enchanté
Métamorphoses

À VOS MARQUES !

L'atelier des lectrices et des lecteurs

Pour lire efficacement le texte, tu peux l'annoter, le surligner, entourer, faire des liens entre plusieurs passages. Tu peux aussi t'aider des questions qui suivent pour t'approprier le conte et mieux le comprendre.

Avant d'entrer dans le livre

1. Quelles remarques peux-tu faire sur le titre ? Ressemble-t-il à d'autres titres de contes ?
2. Quelles hypothèses de lecture peux-tu faire sur la première de couverture ?

Au fil du texte

3. Par quels moments de rupture as-tu été frappé(e) ?
4. Quels éléments descriptifs donne-t-on sur les personnages ?
5. Quels sont les thèmes qui se répètent dans le conte ?

Premières impressions

6. Quel est le personnage que tu as préféré, dont tu t'es senti(e) proche, que tu as détesté ?
7. Ce conte te fait-il penser à quelqu'un, à un élément de ton quotidien ?
8. Quelle est l'intention de l'autrice dans ce conte moral ? Peux-tu reformuler une moralité explicite, qui exprimerait clairement la leçon du récit ?
9. À quelles autres histoires ce conte te fait-il penser ?
Et pour récapituler, utilise la fiche à remplir ***(p. 125)*** ***!***

LA BELLE ET LA BÊTE

Jeanne-Marie Leprince de Beaumont

Scannez ce code
avec votre téléphone
pour écouter le conte
ou rendez-vous sur :
qrco.de/labelleetlabete.

■ *La Belle et la Bête* de Jean Cocteau, avec Jean Marais (la Bête) et Josette Day (la Belle), 1946.

Il y avait une fois un marchand qui était extrêmement riche. Il avait six enfants, trois garçons et trois filles, et, comme ce marchand était un homme d'esprit, il n'épargna rien pour l'éducation de ses enfants, et leur donna toutes sortes de maîtres.

Ses filles étaient très belles, mais la cadette surtout se faisait admirer, et on ne l'appelait, quand elle était petite, que la Belle enfant ; en sorte que le nom lui en resta, ce qui donna beaucoup de jalousie à ses sœurs. Cette cadette, qui était plus belle que ses sœurs, était aussi meilleure qu'elles. Les deux aînées avaient beaucoup d'orgueil, parce qu'elles étaient riches : elles faisaient les dames, et ne voulaient pas recevoir les visites des autres filles de marchands ; il leur fallait des gens de qualité [1] pour leur compagnie. Elles allaient tous les jours au bal, à la comédie, à la promenade, et se moquaient de leur cadette, qui employait la plus grande partie de son temps à lire de bons livres.

Comme on savait que ces filles étaient fort riches, plusieurs gros marchands les demandèrent en mariage ; mais les deux aînées répondirent qu'elles ne se marieraient

1. **De qualité** : de condition noble.

jamais, à moins qu'elles ne trouvassent un duc, ou tout au moins un comte. La Belle (car je vous ai dit que c'était le nom de la plus jeune), la Belle, dis-je, remercia bien honnêtement ceux qui voulaient l'épouser ; mais elle leur dit qu'elle était trop jeune, et qu'elle souhaitait tenir compagnie à son père pendant plusieurs années.

Tout d'un coup, le marchand perdit son bien [1], et il ne lui resta qu'une maison de campagne, bien loin de la ville. Il dit en pleurant à ses enfants qu'il fallait aller demeurer dans cette maison, et qu'en travaillant comme des paysans ils y pourraient vivre. Ses deux filles aînées répondirent qu'elles ne voulaient pas quitter la ville, et qu'elles avaient plusieurs amants [2] qui seraient trop heureux de les épouser, quoiqu'elles n'eussent plus de fortune. Les bonnes demoiselles se trompaient ; leurs amants ne voulurent plus les regarder quand elles furent pauvres. Comme personne ne les aimait, à cause de leur fierté, on disait : « Elles ne méritent pas qu'on les plaigne ; nous sommes bien aises de voir leur orgueil abaissé ; qu'elles aillent faire les dames en gardant les moutons. »

Mais, en même temps, tout le monde disait : « Pour la Belle, nous sommes bien fâchés de son malheur ; c'est une si bonne [3] fille ! elle parlait aux pauvres gens avec tant de bonté ! elle était si douce, si honnête ! »

Il y eut même plusieurs gentilshommes qui voulurent l'épouser, quoiqu'elle n'eût plus un sou ; mais elle leur dit qu'elle ne pouvait se résoudre à abandonner son pauvre père dans son malheur et qu'elle le suivrait à la campagne

1. **Perdit son bien** : perdit sa fortune.
2. **Amants** : amoureux, soupirants.
3. **Bonne** : gentille.

pour le consoler et l'aider à travailler. La pauvre Belle avait été bien affligée[1] d'abord de perdre sa fortune, mais elle s'était dit à elle-même : « Quand je pleurerais[2] bien fort, mes larmes ne me rendront pas mon bien ; il faut tâcher d'être heureuse sans fortune. »

Quand ils furent arrivés à leur maison de campagne, le marchand et ses trois fils s'occupèrent à labourer la terre. La Belle se levait à quatre heures du matin, et se dépêchait de nettoyer la maison, d'apprêter à dîner pour la famille. Elle eut d'abord beaucoup de peine, car elle n'était pas accoutumée à travailler comme une servante ; mais, au bout de deux mois, elle devint plus forte, et la fatigue lui donna une santé parfaite. Quand elle avait fait son ouvrage, elle lisait, elle jouait du clavecin, ou bien elle chantait en filant.

Ses deux sœurs, au contraire, s'ennuyaient à la mort ; elles se levaient à dix heures du matin, se promenaient toute la journée et s'amusaient à regretter leurs beaux habits et les compagnies. « Voyez notre cadette, disaient-elles entre elles ; elle a l'âme basse, et si stupide, qu'elle est contente de sa malheureuse situation. »

Le bon marchand ne pensait pas comme ses filles. Il savait que la Belle était plus propre que ses sœurs à briller dans les compagnies. Il admirait la vertu[3] de cette jeune fille, et surtout sa patience ; car les sœurs, non contentes de lui laisser faire tout l'ouvrage[4] de la maison, l'insultaient à tout moment.

1. **Affligée** : triste.
2. **Quand je pleurerais** : même si je pleurais, j'aurais beau pleurer.
3. **Vertu** : capacité de faire le bien, force morale.
4. **Tout l'ouvrage** : toutes les tâches ménagères.

Il y avait un an que cette famille vivait dans la solitude, lorsque le marchand reçut une lettre par laquelle on lui marquait[1] qu'un vaisseau[2], sur lequel il avait des marchandises, venait heureusement d'arriver. Cette nouvelle pensa[3] tourner la tête à ses deux aînées, qui pensaient qu'à la fin[4] elles pourraient quitter cette campagne, où elles s'ennuyaient tant ; et, quand elles virent leur père prêt à partir, elles le prièrent de leur apporter des robes, des palatines[5], des coiffures et toutes sortes de bagatelles[6]. La Belle ne lui demandait rien ; car elle pensait en elle-même que tout l'argent des marchandises ne suffirait pas pour acheter ce que ses sœurs souhaitaient. « Tu ne me pries pas de t'acheter quelque chose ? lui dit son père.

– Puisque vous avez la bonté de penser à moi, lui dit-elle, je vous prie de m'apporter une rose, car il n'en vient point ici. »

Ce n'est pas que la Belle se souciât d'une rose : mais elle ne voulait pas condamner par son exemple la conduite de ses sœurs, qui auraient dit que c'était pour se distinguer qu'elle ne demandait rien. Le bonhomme partit ; mais, quand il fut arrivé, on lui fit un procès pour ses marchandises ; et, après avoir eu beaucoup de peine, il revint aussi pauvre qu'il était auparavant. Il n'avait plus que trente

1. **On lui marquait** : on lui faisait savoir.
2. **Un vaisseau** : un bateau.
3. **Pensa** : ici, faillit.
4. **À la fin** : enfin.
5. **Palatines** : fourrures couvrant le cou et les épaules des femmes. C'est la princesse Palatine, Anne de Gonzague, qui mit cet accessoire à la mode. Par analogie, « palatine » a désigné les ornements que portent les femmes autour du cou.
6. **Bagatelles** : objets de peu de valeur et de peu d'utilité.

milles[1] pour arriver à sa maison, et il se réjouissait déjà du plaisir de voir ses enfants ; mais, comme il fallait passer un grand bois avant de trouver sa maison, il se perdit. Il neigeait horriblement ; le vent était si grand, qu'il le jeta deux fois en bas de son cheval ; la nuit étant venue, il pensa qu'il mourrait de faim ou de froid, ou qu'il serait mangé par des loups, qu'il entendait hurler autour de lui. Tout d'un coup, en regardant au bout d'une longue allée d'arbres, il vit une grande lumière, mais qui paraissait bien éloignée. Il marcha de ce côté-là, et vit que cette lumière sortait d'un grand palais qui était tout illuminé.

Le marchand remercia Dieu du secours[2] qu'il lui envoyait, et se hâta d'arriver à ce château ; mais il fut bien surpris de ne trouver personne dans les cours. Son cheval, qui le suivait, voyant une grande écurie ouverte, entra dedans, et ayant trouvé du foin et de l'avoine, le pauvre animal, qui mourait de faim, se jeta dessus avec beaucoup d'avidité.

Le marchand l'attacha dans l'écurie, et marcha vers la maison, où il ne trouva personne ; mais, étant entré dans une grande salle, il y trouva un bon feu, et une table chargée de viande[3], où il n'y avait qu'un couvert. Comme la pluie et la neige l'avaient mouillé jusqu'aux os, il s'approcha du feu pour se sécher, et disait en lui-même : « Le

1. **Trente milles** : le mille est une mesure anglaise équivalant à 1 609 mètres ; peut-être est-ce là un indice que le conte fut tout d'abord destiné à de jeunes Anglaises. La « lieue » (environ quatre kilomètres) était l'unité française utilisée le plus fréquemment à la même époque.

2. **Du secours** : de l'aide.

3. **Viande** : du latin *vivenda*, ce qui sert à vivre ; d'où également « vivres » (provisions). Le mot a ici le sens général de « nourriture ».

maître de la maison ou ses domestiques me pardonneront la liberté que j'ai prise, et sans doute ils viendront bientôt. »

Il attendit pendant un temps considérable ; mais onze heures ayant sonné sans qu'il vît personne, il ne put résister à la faim, et prit un poulet, qu'il mangea en deux bouchées et en tremblant. Il but aussi quelques coups de vin, et, devenu plus hardi, il sortit de la salle et traversa plusieurs grands appartements, magnifiquement meublés. À la fin, il trouva une chambre où il y avait un bon lit, et, comme il était minuit passé et qu'il était las [1], il prit le parti de fermer la porte et de se coucher.

Il était dix heures du matin quand il se leva le lendemain, et il fut bien surpris de trouver un habit fort propre à la place du sien, qui était tout gâté [2]. « Assurément, dit-il en lui-même, ce palais appartient à quelque bonne fée, qui a eu pitié de ma situation. »

Il regarda par la fenêtre, et ne vit plus de neige, mais des berceaux de fleurs [3] qui enchantaient la vue. Il rentra dans la grande salle où il avait soupé la veille, et vit une petite table où il y avait du chocolat [4]. « Je vous remercie, madame la Fée, dit-il tout haut, d'avoir eu la bonté de penser à mon déjeuner. »

Le bonhomme, après avoir pris son chocolat, sortit pour aller chercher son cheval, et, comme il passait sous un berceau de roses, il se souvint que la Belle lui en avait

1. **Las** : fatigué.
2. **Gâté** : sali, taché.
3. **Des berceaux de fleurs** : fleurs disposées en voûte au-dessus d'un passage.
4. **Du chocolat** : boisson rare et prisée au XVIIIe siècle, le chocolat était encore assimilé à un produit médicinal.

demandé une et cueillit une branche où il y en avait plusieurs. En même temps, il entendit un grand bruit, et vit venir à lui une bête si horrible, qu'il fut tout près de s'évanouir. « Vous êtes bien ingrat ! lui dit la bête d'une voix terrible ; je vous ai sauvé la vie en vous recevant dans mon château, et, pour ma peine, vous me volez mes roses, que j'aime mieux que toutes choses au monde ! il faut mourir pour réparer cette faute ; je ne vous donne qu'un quart d'heure pour demander pardon à Dieu [1]. »

Le marchand se jeta à ses genoux, et dit à la bête, en joignant les mains : « Monseigneur, pardonnez-moi, je ne croyais pas vous offenser en cueillant une rose pour une de mes filles qui m'en avait demandé.

– Je ne m'appelle point monseigneur, répondit le monstre, mais la Bête. Je n'aime pas les compliments, moi, je veux qu'on dise ce que l'on pense : ainsi, ne croyez pas me toucher par vos flatteries. Mais vous m'avez dit que vous aviez des filles ; je veux bien vous pardonner, à condition qu'une de vos filles vienne volontairement pour mourir à votre place. Ne me raisonnez pas ; partez ; et, si vos filles refusent de mourir pour vous, jurez que vous reviendrez dans trois mois. »

Le bonhomme n'avait pas dessein [2] de sacrifier une de ses filles à ce vilain monstre ; mais il pensa : « Au moins, j'aurai le plaisir de les embrasser encore une fois. » Il jura donc de revenir, et la Bête lui dit qu'il pouvait partir quand il voudrait. « Mais, ajouta-t-elle, je ne veux pas que tu t'en

1. Il s'agit ici d'une allusion et d'un emprunt au conte de Perrault, « La Barbe bleue » (voir Perrault, *Contes*, *op. cit.*).

2. **Le bonhomme n'avait pas dessein** : le bonhomme n'avait pas l'intention.

ailles les mains vides. Retourne dans la chambre où tu as couché : tu y trouveras un grand coffre vide ; tu peux y mettre tout ce qu'il te plaira, je le ferai porter chez toi. »

En même temps la Bête se retira ; et le bonhomme dit en lui-même : « S'il faut que je meure, j'aurai la consolation de laisser du pain à mes pauvres enfants. »

Il retourna dans la chambre où il avait couché, et, y ayant trouvé une grande quantité de pièces d'or, il remplit le grand coffre dont la Bête lui avait parlé, le ferma et, ayant repris son cheval qu'il retrouva dans l'écurie, il sortit de ce palais avec une tristesse égale à la joie qu'il avait lorsqu'il y était entré. Son cheval prit de lui-même une des routes de la forêt, et en peu d'heures le bonhomme arriva dans sa petite maison. Ses enfants se rassemblèrent autour de lui ; mais, au lieu d'être sensible à leurs caresses, le marchand se mit à pleurer en les regardant. Il tenait à la main une branche de roses, qu'il apportait à la Belle. Il la lui donna, et lui dit : « La Belle, prenez ces roses, elles coûteront bien cher à votre malheureux père. » Et tout de suite il raconta à sa famille la funeste aventure qui lui était arrivée. À ce récit, ses deux aînées jetèrent de grands cris et dirent des injures à la Belle, qui ne pleurait point. « Voyez ce que produit l'orgueil de cette petite créature, disaient-elles ; que ne demandait-elle des ajustements[1] comme nous ? Mais non, mademoiselle voulait se distinguer. Elle va causer la mort de notre père, et elle ne pleure pas !

– Cela serait fort inutile, reprit la Belle ; pourquoi pleurerais-je la mort de mon père ? Il ne périra point. Puisque

1. **Ajustements** : arrangements de la toilette, de l'habillement.

le monstre veut bien accepter une de ses filles, je veux me livrer à toute sa furie[1], et je me trouve fort heureuse, puisqu'en mourant j'aurai la joie de sauver mon père et de lui prouver ma tendresse.

– Non, ma sœur, lui dirent ses trois frères, vous ne mourrez pas ; nous irons trouver ce monstre, et nous périrons sous ses coups si nous ne pouvons le tuer.

– Ne l'espérez pas, mes enfants, leur dit le marchand ; la puissance de cette Bête est si grande qu'il ne me reste aucune espérance de la faire périr. Je suis charmé du bon cœur de la Belle ; mais je ne veux pas l'exposer à la mort. Je suis vieux, il ne me reste que peu de temps à vivre ; ainsi, je ne perdrai que quelques années de vie, que je ne regrette qu'à cause de vous, mes chers enfants.

– Je vous assure, mon père, lui dit la Belle, que vous n'irez pas à ce palais sans moi ; vous ne pouvez m'empêcher de vous suivre. Quoique je sois jeune, je ne suis pas fort attachée à la vie, et j'aime mieux être dévorée par ce monstre que de mourir du chagrin que me donnerait votre perte. »

On eut beau dire, la Belle voulut absolument partir pour le beau palais, et ses sœurs en étaient charmées, parce que les vertus de cette cadette leur avaient inspiré beaucoup de jalousie. Le marchand était si occupé de la douleur de perdre sa fille qu'il ne pensait pas au coffre qu'il avait rempli d'or ; mais, aussitôt qu'il se fut renfermé dans sa chambre pour se coucher, il fut bien étonné de le trouver à la ruelle[2] de son lit.

1. **Furie** : colère, rage. Dans la mythologie romaine, les Furies étaient les trois divinités des Enfers chargées d'exercer sur les criminels la vengeance divine.
2. **Ruelle** : espace libre entre le lit et le mur ou entre deux lits.

Il résolut[1] de ne point dire à ses enfants qu'il était devenu si riche, parce que ses filles auraient voulu retourner à la ville, et qu'il était résolu de mourir dans cette campagne ; mais il confia ce secret à la Belle, qui lui apprit qu'il était venu quelques gentilshommes pendant son absence, et qu'il y en avait deux qui aimaient ses sœurs. Elle pria son père de les marier ; car elle était si bonne qu'elle les aimait et leur pardonnait de tout son cœur le mal qu'elles lui avaient fait.

Ces deux méchantes filles se frottaient les yeux avec un oignon pour pleurer lorsque la Belle partit avec son père ; mais ses frères pleuraient tout de bon, aussi bien que le marchand : il n'y avait que la Belle qui ne pleurait point, parce qu'elle ne voulait pas augmenter leur douleur. Le cheval prit la route du palais, et, sur le soir, ils l'aperçurent illuminé comme la première fois. Le cheval fut tout seul à l'écurie[2], et le bonhomme entra avec sa fille dans la grande salle, où ils trouvèrent une table magnifiquement servie, avec deux couverts. Le marchand n'avait pas le cœur de manger ; mais la Belle, s'efforçant de paraître tranquille, se mit à table et le servit ; puis elle disait en elle-même : « La Bête veut m'engraisser avant de me manger, puisqu'elle me fait si bonne chère[3]. »

Quand ils eurent soupé, ils entendirent un grand bruit, et le marchand dit adieu à sa pauvre fille en pleurant, car il pensait que c'était la Bête. La Belle ne put s'empêcher de frémir en voyant cette horrible figure ; mais elle se rassura de son mieux ; et, le monstre lui ayant demandé si

1. **Il résolut** : il décida.
2. **Le cheval fut tout seul à l'écurie** : le cheval alla tout seul à l'écurie.
3. **Bonne chère** : bon repas.

c'était de bon cœur qu'elle était venue, elle lui dit en tremblant que oui. « Vous êtes bien bonne, dit la Bête, et je vous suis bien obligé [1]. Bonhomme, partez demain matin, et ne vous avisez jamais de revenir ici. Adieu [2], la Belle.

– Adieu, la Bête », répondit-elle.

Et tout de suite le monstre se retira. « Ah ! ma fille, dit le marchand en embrassant la Belle, je suis à demi mort de frayeur. Croyez-moi, laissez-moi ici.

– Non, mon père, lui dit la Belle avec fermeté, vous partirez demain matin, et vous m'abandonnerez au secours du ciel ; peut-être aura-t-il pitié de moi. »

Ils furent se coucher [3], et croyaient ne pas dormir de toute la nuit ; mais, à peine furent-ils dans leurs lits que leurs yeux se fermèrent. Pendant son sommeil la Belle vit une dame, qui lui dit : « Je suis bien contente de votre bon cœur, la Belle ; la bonne action que vous faites en donnant votre vie pour sauver celle de votre père ne demeurera point sans récompense. »

La Belle, en s'éveillant, raconta ce songe à son père ; quoiqu'il le consolât un peu, cela ne l'empêcha pas de jeter des grands cris quand il fallut se séparer de sa chère fille.

Lorsqu'il fut parti, la Belle s'assit dans la grande salle et se mit à pleurer aussi mais, comme elle avait beaucoup de courage, elle se recommanda à Dieu [4], et résolut de ne point se chagriner pour le peu de temps qu'elle avait à vivre, car elle croyait fermement que la Bête la mangerait

1. **Je vous suis bien obligé** : je vous suis reconnaissant.
2. **Adieu** : au revoir.
3. **Ils furent se coucher** : ils allèrent se coucher.
4. **Elle se recommanda à Dieu** : elle demanda dans ses prières la protection de Dieu.

le soir. Elle résolut de se promener en attendant et de visiter ce beau château. Elle ne pouvait s'empêcher d'en admirer la beauté. Mais elle fut bien surprise de trouver une porte sur laquelle il y avait écrit :

APPARTEMENT DE LA BELLE

Elle ouvrit cette porte avec précipitation et fut éblouie de la magnificence[1] qui y régnait ; mais ce qui frappa le plus sa vue, ce fut une grande bibliothèque, un clavecin et plusieurs livres de musique. « On ne veut pas que je m'ennuie », dit-elle tout bas ; elle pensa ensuite : « Si je n'avais qu'un jour à demeurer ici, on ne m'aurait pas fait une telle provision[2]. »

Cette pensée ranima son courage. Elle ouvrit la bibliothèque, et vit un livre où il y avait écrit en lettres d'or : *Souhaitez, commandez ; vous êtes ici la reine et la maîtresse.* « Hélas ! dit-elle en soupirant, je ne souhaite rien que de voir mon pauvre père et de savoir ce qu'il fait à présent. »

Elle avait dit cela en elle-même. Quelle fut sa surprise, en jetant les yeux sur un grand miroir, d'y voir sa maison, où son père arrivait avec un visage extrêmement triste. Ses sœurs venaient au-devant de lui ; et, malgré les grimaces qu'elles faisaient pour paraître affligées, la joie qu'elles avaient de la perte de leur sœur paraissait sur leur visage. Un moment après, tout cela disparut, et la Belle ne put s'empêcher de penser que la Bête était bien complaisante, et qu'elle n'avait rien à craindre d'elle. À midi, elle trouva

1. **La magnificence** : la splendeur, l'éclat.
2. **Une telle provision** : une si importante réserve (de distractions).

■ Gravure de Bertall (1860).

la table mise, et pendant son dîner[1] elle entendit un excellent concert, quoiqu'elle ne vît personne. Le soir, comme elle allait se mettre à table, elle entendit le bruit que faisait la Bête, et ne put s'empêcher de frémir. « La Belle, lui dit ce monstre, voulez-vous bien que je vous voie souper ?

– Vous êtes le maître, répondit la Belle en tremblant.

– Non, répondit la Bête, il n'y a ici de maîtresse que vous. Vous n'avez qu'à me dire de m'en aller, si je vous ennuie ; je sortirai tout de suite. Dites-moi, n'est-ce pas que vous me trouvez bien laid ?

– Cela est vrai, dit la Belle, car je ne sais pas mentir ; mais je crois que vous êtes fort bon.

– Vous avez raison, dit le monstre ; mais, outre que je suis laid, je n'ai point d'esprit[2] : je crois bien que je ne suis qu'une bête.

– On n'est pas bête, reprit la Belle, quand on croit n'avoir point d'esprit : un sot n'a jamais su cela.

– Mangez donc, la Belle, lui dit le monstre, et tâchez de ne vous point ennuyer dans votre maison ; car tout ceci est à vous, et j'aurais du chagrin si vous n'étiez pas contente.

– Vous avez bien de la bonté, dit la Belle. Je vous avoue que je suis bien contente de votre cœur ; quand j'y pense, vous ne me paraissez plus si laid.

– Oh ! dame, oui, répondit la Bête, j'ai le cœur bon mais je suis un monstre.

– Il y a bien des hommes qui sont plus monstres que vous, dit la Belle, et je vous aime mieux avec votre figure

1. **Dîner** : repas de midi.
2. **Je n'ai point d'esprit** : je n'ai ni intelligence ni humour, je ne sais pas briller dans la conversation.

que ceux qui, avec la figure d'hommes, cachent un cœur faux, corrompu, ingrat.

– Si j'avais de l'esprit, dit la Bête, je vous ferais un grand compliment pour vous remercier ; mais je suis stupide, et tout ce que je puis vous dire c'est que je vous suis bien obligé. »

La Belle soupa de bon appétit. Elle n'avait presque plus peur du monstre ; mais elle manqua mourir [1] de frayeur lorsqu'il lui dit : « La Belle, voulez-vous être ma femme ? »

Elle fut quelque temps sans répondre ; elle avait peur d'exciter la colère du monstre en le refusant ; elle lui dit pourtant en tremblant : « Non, la Bête. »

Dans le moment ce pauvre monstre voulut soupirer, et il fit un sifflement si épouvantable, que tout le palais en retentit ; mais la Belle fut bientôt rassurée, car la Bête, lui ayant dit tristement : « Adieu donc, la Belle », sortit de la chambre, en se retournant de temps en temps pour la regarder encore. La Belle, se voyant seule, sentit une grande compassion [2] pour cette pauvre Bête : « Hélas ! disait-elle, c'est bien dommage qu'elle soit si laide, elle est si bonne ! »

La Belle passa trois mois dans ce palais avec assez de tranquillité. Tous les soirs, la Bête lui rendait visite, l'entretenait [3] pendant le souper avec assez de bon sens, mais jamais avec ce qu'on appelle esprit dans le monde. Chaque jour, la Belle découvrait de nouvelles bontés dans ce monstre. L'habitude de le voir l'avait accoutumée à sa laideur ; loin de craindre le moment de sa visite, elle regardait

1. **Elle manqua mourir** : elle faillit mourir.
2. **Compassion** : pitié.
3. **L'entretenait** : conversait avec elle.

La Belle, voulez-vous être ma Femme ?

■ Gravure de Texier d'après Huot. 1757. BNF.

souvent à sa montre[1] pour voir s'il était bientôt neuf heures, car la Bête ne manquait jamais de venir à cette heure-là. Il n'y avait qu'une chose qui faisait de la peine à la Belle : c'est que le monstre, avant de se coucher, lui demandait toujours si elle voulait être sa femme, et paraissait pénétré de douleur lorsqu'elle lui disait que non. Elle lui dit un jour : « Vous me chagrinez, la Bête ; je voudrais pouvoir vous épouser, mais je suis trop sincère pour vous faire croire que cela arrivera jamais[2]. Je serai toujours votre amie, tâchez de vous contenter de cela.

– Il le faut bien, reprit la Bête ; je me rends justice. Je sais que je suis bien horrible, mais je vous aime beaucoup ; cependant je suis trop heureux de ce que vous voulez bien rester ici ; promettez-moi que vous ne me quitterez jamais. »

La Belle rougit à ces paroles. Elle avait vu dans son miroir que son père était malade de chagrin de l'avoir perdue, et elle souhaitait de le revoir. « Je pourrais bien vous promettre, dit-elle à la Bête, de ne jamais vous quitter tout à fait ; mais j'ai tant d'envie de revoir mon père que je mourrai de douleur si vous me refusez ce plaisir.

– J'aime mieux mourir moi-même, dit ce monstre, que de vous donner du chagrin. Je vous enverrai chez votre père ; vous y resterez, et votre Bête en mourra de douleur.

– Non, dit la Belle en pleurant, je vous aime trop pour vouloir causer votre mort. Je vous promets de revenir dans huit jours. Vous m'avez fait voir que mes sœurs sont mariées et que mes frères sont partis pour l'armée. Mon père est tout seul ; souffrez[3] que je reste chez lui une semaine.

1. **Montre** : au XVIIIe siècle, petite horloge que l'on porte sur soi.
2. **Que cela arrivera jamais** : que cela arrivera un jour.
3. **Souffrez** : permettez.

– Vous y serez demain au matin, dit la Bête ; mais souvenez-vous de votre promesse. Vous n'aurez qu'à mettre votre bague sur une table en vous couchant, quand vous voudrez revenir. Adieu, la Belle. »

La Bête soupira, selon sa coutume, en disant ces mots, et la Belle se coucha toute triste de l'avoir affligée. Quand elle se réveilla le matin, elle se trouva dans la maison de son père ; et, ayant sonné une clochette qui était à côté de son lit, elle vit venir la servante, qui fit un grand cri en la voyant. Le bonhomme accourut à ce cri, et manqua mourir de joie en revoyant sa chère fille, et ils se tinrent embrassés plus d'un quart d'heure. La Belle, après les premiers transports [1], pensa qu'elle n'avait point d'habits pour se lever ; mais la servante lui dit qu'elle venait de trouver dans la chambre voisine un grand coffre plein de robes toutes d'or, garnies de diamants.

La Belle remercia la bonne Bête de ses attentions ; elle prit la moins riche de ces robes, et dit à la servante de serrer [2] les autres, dont elle voulait faire présent à ses sœurs ; mais à peine eut-elle prononcé ces paroles que le coffre disparut. Son père lui dit que la Bête voulait qu'elle gardât tout cela pour elle, et aussitôt les robes et le coffre revinrent à la même place. La Belle s'habilla ; et pendant ce temps on fit avertir ses sœurs, qui accoururent avec leurs maris. Elles étaient toutes deux fort malheureuses. L'aînée avait épousé un gentilhomme beau comme l'Amour [3] ; mais il était si amoureux de sa propre figure, qu'il n'était occupé que de cela

1. **Transports** : manifestations violentes de la passion ; ici, les gestes d'affection et longues embrassades entre un parent et son enfant.
2. **Serrer** : ranger.
3. **L'Amour** : le dieu Amour, aussi appelé Cupidon, est le fils de Vénus.

depuis le matin jusqu'au soir, et méprisait la beauté de sa femme. La seconde avait épousé un homme qui avait beaucoup d'esprit ; mais il ne s'en servait que pour faire enrager tout le monde, et sa femme toute la première. Les sœurs de la Belle manquèrent mourir de douleur quand elles la virent habillée comme une princesse, et plus belle que le jour. Elle eut beau les caresser [1], rien ne put étouffer leur jalousie, qui augmenta beaucoup quand elle eut conté combien elle était heureuse. Ces deux jalouses descendirent dans le jardin, pour y pleurer tout à leur aise, et elles se disaient : « Pourquoi cette petite créature est-elle plus heureuse que nous ? Ne sommes-nous pas plus aimables [2] qu'elle ?

– Ma sœur, dit l'aînée, il me vient une pensée : tâchons de l'arrêter ici plus de huit jours ; sa sotte Bête se mettra en colère de ce qu'elle lui aura manqué de parole, et peut-être qu'elle la dévorera.

– Vous avez raison, ma sœur, répondit l'autre. Pour cela il lui faut de grandes caresses. »

Et, ayant pris cette résolution, elles remontèrent et firent tant d'amitiés à leur sœur, que la Belle en pleura de joie. Quand les huit jours furent passés, les deux sœurs s'arrachèrent les cheveux et firent tant les affligées de son départ, qu'elle promit de rester encore huit jours.

Cependant la Belle se reprochait le chagrin qu'elle allait donner à sa pauvre Bête, qu'elle aimait de tout son cœur, et elle s'ennuyait de ne plus la voir. La dixième nuit qu'elle passa chez son père, elle rêva qu'elle était dans le jardin du palais, et qu'elle voyait la Bête couchée sur l'herbe et prête à mourir, qui lui reprochait son ingratitude.

1. **Caresser** : cajoler, voire flatter.
2. **Aimables** : dignes d'être aimées.

La Belle se réveilla en sursaut et versa des larmes.

« Ne suis-je pas bien méchante, disait-elle, de donner du chagrin à une bête qui a pour moi tant de complaisance ? Est-ce sa faute si elle est si laide et si elle a peu d'esprit ? Elle est bonne, cela vaut mieux que tout le reste. Pourquoi n'ai-je pas voulu l'épouser ? Je serais plus heureuse avec elle que mes sœurs avec leurs maris. Ce n'est ni la beauté ni l'esprit d'un mari qui rendent une femme contente : c'est la bonté du caractère, la vertu, la complaisance ; et la Bête a toutes ces bonnes qualités. Je n'ai point d'amour pour elle ; mais j'ai de l'estime, de l'amitié et de la reconnaissance. Allons, il ne faut pas la rendre malheureuse ; je me reprocherais toute ma vie mon ingratitude. »

À ces mots, la Belle se lève, met sa bague sur la table et revient se coucher.

À peine fut-elle dans son lit, qu'elle s'endormit, et, quand elle se réveilla le matin, elle vit avec joie qu'elle était dans le palais de la Bête.

Elle s'habilla magnifiquement pour lui plaire et s'ennuya à mourir toute la journée, en attendant neuf heures du soir ; mais l'horloge eut beau sonner, la Bête ne parut point. La Belle, alors, craignit d'avoir causé sa mort. Elle courut tout le palais en jetant de grands cris ; elle était au désespoir. Après avoir cherché partout, elle se souvint de son rêve, et courut dans le jardin vers le canal où elle l'avait vue en dormant.

Elle trouva la pauvre Bête étendue sans connaissance, et elle crut qu'elle était morte. Elle se jeta sur son corps, sans avoir horreur de sa figure ; et sentant que son cœur battait encore, elle prit de l'eau dans le canal, et lui en jeta sur la tête.

La Bête ouvrit les yeux, et dit à la Belle : « Vous avez oublié votre promesse : le chagrin de vous avoir perdue m'a fait résoudre à me laisser mourir de faim ; mais je meurs content, puisque j'ai le plaisir de vous revoir encore une fois.

– Non, ma chère Bête, vous ne mourrez point, lui dit la Belle ; vous vivrez pour devenir mon époux ; dès ce moment, je vous donne ma main, et je jure que je ne serai qu'à vous. Hélas ! je croyais n'avoir que de l'amitié pour vous, mais la douleur que je sens me fait voir que je ne pourrais vivre sans vous voir. »

À peine la Belle eut-elle prononcé ces paroles qu'elle vit le château brillant de lumières : les feux d'artifice, la musique, tout lui annonçait une fête ; mais toutes ces beautés n'arrêtèrent point sa vue ; elle se retourna vers sa chère Bête, dont le danger la faisait frémir. Quelle fut sa surprise !

La Bête avait disparu, elle ne vit à ses pieds qu'un prince plus beau que l'Amour, qui la remerciait d'avoir fini son enchantement [1].

Quoique ce prince méritât son attention, elle ne put s'empêcher de lui demander où était la Bête. « Vous la voyez à vos pieds, lui dit le prince. Une méchante fée m'avait condamné à rester sous cette figure jusqu'à ce qu'une belle fille consentît à m'épouser, et elle m'avait défendu de faire paraître mon esprit. Ainsi il n'y avait que vous dans le monde assez bonne pour vous laisser toucher à la bonté de mon caractère ; et, en vous offrant ma couronne, je ne puis que m'acquitter des obligations que je vous ai. »

La Belle, agréablement surprise, donna la main à ce beau prince pour le relever. Ils allèrent ensemble au château, et la Belle manqua mourir de joie en trouvant, dans

1. **Enchantement** : charme, sortilège.

la grande salle, son père et toute sa famille, que la belle dame qui lui était apparue en songe avait transportés au château. « Belle, lui dit cette dame, qui était une grande fée, venez recevoir la récompense de votre bon choix : vous avez préféré la vertu à la beauté et à l'esprit, vous méritez de trouver toutes ces qualités réunies en une même personne. Vous allez devenir une grande reine : j'espère que le trône ne détruira pas vos vertus. Pour vous, mesdemoiselles [1], dit la fée aux deux sœurs de la Belle, je connais votre cœur et toute la malice [2] qu'il renferme. Devenez deux statues ; mais conservez toute votre raison sous la pierre qui vous enveloppera. Vous demeurerez à la porte du palais de votre sœur et je ne vous impose point d'autre peine que d'être témoins de son bonheur. Vous ne pourrez revenir dans votre premier état qu'au moment où vous reconnaîtrez vos fautes ; mais j'ai bien peur que vous ne restiez toujours statues. On se corrige de l'orgueil, de la colère, de la gourmandise et de la paresse ; mais c'est une espèce de miracle que la conversion [3] d'un cœur méchant et envieux. »

Dans le moment, la fée donna un coup de baguette qui transporta tous ceux qui étaient dans cette salle dans le royaume du prince. Ses sujets le revirent avec joie ; et il épousa la Belle, qui vécut avec lui fort longtemps et dans un bonheur parfait, parce qu'il était fondé sur la vertu.

1. **Mesdemoiselles** : la fée appelle les sœurs « mesdemoiselles » car on nommait ainsi des femmes non titrées, qu'elles soient mariées ou non.

2. **Malice** : ici, au sens fort de méchanceté.

3. **Conversion** : transformation, changement, mais aussi au sens religieux de prise de conscience qui change les cœurs.

AUTOUR DE *LA BELLE ET LA BÊTE*

Les contes populaires ont souvent été éclipsés par **les contes littéraires** (ceux de Perrault, Grimm, Andersen…), qu'on connaît mieux aujourd'hui. Pourtant, il est intéressant de comparer la version du conte de *La Belle et la Bête* proposée par Mme Leprince de Beaumont aux contes traditionnels recensés par deux savants, **Antti Aarne** (1867-1925) et **Stith Thompson** (1885-1976)[1], qui développent un thème similaire : celui de la recherche de l'époux disparu. Ce conte-type (qui porte le numéro 425) a connu des variantes extrêmement nombreuses depuis sa source antique, *L'Âne d'or* d'Apulée (IIe siècle), qui met en scène les amours d'Amour et de Psyché[2]. En lisant les quatre histoires suivantes, vous pourrez retrouver des motifs communs aux versions littéraires et populaires (comme le mariage avec un époux ensorcelé) et savourer les modifications, inventions, et images qui font tout le charme de ces récits oraux, retranscrits par des collecteurs de contes.

Comment définir le conte populaire ? Il s'agit avant tout d'un récit de fiction anonyme, transmis « de bouche à oreille » par la performance d'un conteur (ou d'une conteuse) devant un auditoire. Il relève donc de la littérature orale. On a craint que la richesse de cette mémoire collective ne disparaisse ; ce qui a suscité, dès le XVIIe siècle, des campagnes de collectes de ces contes qui nous permettent encore aujourd'hui de les lire et de les écouter.

…………………………

1. Les travaux de ces deux auteurs, qui se sont intéressés aux ressemblances entre des contes de différentes régions, ont permis de proposer une classification des contes populaires selon plusieurs types. On retrouve par exemple des versions de l'histoire de Cendrillon dans de très nombreux pays, aussi bien en Europe qu'en Chine, en Inde, en Corée ou encore en Afrique du Nord et en Amérique !
2. Voir dossier, p. 94-101.

La **structure narrative** de ces quatre textes est sensiblement la même : des jeunes filles, les benjamines de la fratrie, doivent quitter la maison familiale pour un mariage *a priori* inquiétant avec un époux animal (« Courbasset, petit corbeau ») ou hybride (« L'Homme-poulain »). Dotées de qualités de cœur, ces héroïnes n'en rencontrent pas moins des épreuves qui les font passer du monde de l'enfance à une humanité accomplie, avec l'aide de fées et d'objets magiques fascinants et facétieux. Ce parcours, qui demande astuce, courage et persévérance, est couronné par un mariage heureux, promesse d'une vie comblée. C'est toute la logique vertueuse du conte merveilleux que d'offrir au lecteur un scénario de réussite qui le rassure dans les épreuves de la vie.

La Belle et la Bête[1]

Il était une fois un marchand d'habits qui avait trois filles. Un jour, il s'en va à la ville pour acheter des affaires. Alors, il dit à une de ses filles, à l'aînée : « Qu'est-ce qu'il faudra que je t'apporte ?

– Oh, elle lui dit, mon père, j'aimerais bien une belle robe.

– Bien, je t'apporterai ta robe. »

À la deuxième il dit : « Et toi, qu'est-ce que tu voudras que je t'apporte ?

– Oh, elle dit, mon père, moi, je voudrais un joli corsage[2]. »

Alors il lui dit : « Bien, je t'apporterai ton corsage. »

À la troisième il dit : « Qu'est-ce qu'il faudra que je t'apporte ?

– Oh, elle dit, mon père, comme on n'est pas bien riche, tu m'apporteras seulement une rose.

– Oh, il lui dit, je t'apporterai une rose, mais ce n'est pas grand-chose ! »

Alors, voilà le marchand parti en ville : il achète sa robe, il achète son corsage, mais il n'avait pas trouvé de rose. En

1. Conte recueilli par **Mlle A. de Felice** en 1944 auprès de **Jeanne Meiraud**, native de Fromental, dans la Creuse. Ce conte a d'abord été noté en patois, puis la conteuse l'a traduit elle-même en français.

2. **Corsage** : vêtement féminin qui recouvre le buste, sorte de chemisier.

revenant, qu'est-ce qu'il voit ? Un joli château avec plein de roses dans le jardin. Il se dit : « Ma foi, tant pis ! Je vais demander si on veut me donner une rose. »

Il entre, il approche : il ne voit personne. « Eh bien, il dit, tant pis ! Je coupe la rose ! »

Il coupe une rose. Mais, en coupant la rose, il est sorti du sang. Alors, une grosse bête apparaît qui lui dit : « Tu as coupé une rose sans me le demander. »

Le marchand lui répond : « Eh bien, c'est pour ma fille qui m'en avait demandé une. Ma foi ! n'en trouvant nulle part, j'en ai pris une ici. »

Alors la Bête lui dit : « Puisque tu as une fille, tu reviendras avec elle pour que je la mange, ou toi-même ! Si dans deux jours tu n'es pas là, il t'arrivera un grand malheur. »

Voilà le marchand parti, bien ennuyé. En arrivant chez lui, il donne la robe à sa première fille ; ensuite il donne le corsage à la deuxième ; alors il dit à la troisième : « Voici ta rose, mais, tu sais, elle m'a causé de graves ennuis. Il faudra que toi ou moi nous revenions où je l'ai prise, car il y a une grosse bête qui veut nous manger toi ou moi parce que j'ai coupé la rose. »

Les deux sœurs de la jeune fille là l'ont disputée : « Tu vois, avec tes manières de ne pas être comme tout le monde ! Si notre père est mangé, qu'est-ce qu'on fera, nous seules ?

– Ce n'est pas mon père qui sera mangé, ce sera moi ! »

Voilà le père et la fille partis. En arrivant à la porte du château, la jeune fille, elle entre ; puis le père s'en va. La jeune fille regarde partout, ne trouve personne. Partout où elle regarde, c'était marqué :

Tout est à toi. Mais surtout, ne t'en va pas, car il arriverait un grand malheur à ton père.

Arrive le soir. La jeune fille, ne voyant rien, se couche dans un beau lit. Et, dans la nuit, voilà qu'apparaît la Bête. La Bête lui dit : « Si tu veux te marier avec moi, tu seras très heureuse. » Alors, la jeune fille dit : « Avant, je veux réfléchir. »

Elle ne pouvait pas dire non !

Les jours passèrent. La jeune fille ne se décidait pas. Alors, elle dit à la Bête : « Si tu étais bien gentille, tu me laisserais aller voir mes parents. » La Bête lui dit : « Vas-y, mais sois rentrée à neuf heures ! » Voilà la jeune fille partie et qui revient juste à neuf heures.

Une autre fois, la jeune fille lui dit : « Je voudrais bien encore une fois aller voir mes parents ! » La Bête lui dit : « Vas-y, mais, comme tu as été raisonnable, tu rentreras à dix heures. » Et la jeune fille, le soir, revient à dix heures.

Une autre fois, elle dit : « Je voudrais bien encore une fois aller voir mes parents. » Alors la Bête lui dit : « Vas-y, mais tu seras là à onze heures. » Mais les sœurs lui disent au moment de partir : « Tu nous embêtes avec ta Bête ! Tu as bien le temps de rentrer ! » La jeune fille se laisse faire et ne rentre que le lendemain.

Le lendemain, en arrivant, elle ne trouve plus sa Bête… mais, tout à coup, qu'est-ce qu'elle entend ? La Bête qui était dans la rivière et qui pleurait ! Elle voulait se noyer parce qu'elle croyait que la jeune fille ne rentrerait pas. Alors la jeune fille lui dit : « Reviens, ma Bête, je me marierai avec toi ! »

Et la Bête se transforme en un prince charmant. (C'était un prince que les sorcières avaient changé en Bête, comme autrefois.)

Alors la Belle et la Bête se sont mariés. Il y a eu un grand mariage. Puis, la jeune fille a pris son père avec elle. Elle a dit à ses sœurs : « Vous n'avez pas été très bonnes[1] pour moi mais je veux l'oublier. Je vous donnerai un appartement dans mon palais et vous n'aurez plus besoin de travailler. Et nous serons tous très heureux ! »

Et c'est fini !

1. **Bonnes** : voir note 3, p. 30.

Courbasset, petit corbeau[1]

Il y avait une fois un homme et une femme qui avaient trois filles. L'homme était aveugle. Un jour, l'aînée des filles, en allant puiser un seau d'eau à la fontaine, vit un corbeau à côté du jet. « Jolie demoiselle, lui dit le corbeau, si tu veux que ton père recouvre la vue[2], il faut m'épouser ; mais si tu ne veux pas, tu me conduiras ta sœur cadette, demain à la même heure, ici contre la fontaine. »

Rentrée à la maison, elle dit tout cela à son père. « Eh bien, fais comme tu voudras, répondit le père.

– Ce corbeau est trop laid, fit la jeune fille ; je ne le veux pas. Demain je conduirai ma sœur cadette à la fontaine pour voir si le corbeau lui plaît. »

Le lendemain les deux sœurs retournent puiser de l'eau, et trouvent le corbeau à côté de la fontaine. Celui-ci leur redit que leur père y verrait de nouveau si l'une d'elles voulait l'épouser. « Moi je ne te veux pas, fit l'aînée.

– Et moi non plus, dit l'autre.

– Eh bien, répondit le corbeau, retournez à la maison et demain conduisez ici votre plus jeune sœur. »

1. Conte recueilli en décembre 1949 et décembre 1950 auprès de **Marie Arnaud**, alors âgée de soixante-trois ans et demeurant à Fougax-et-Barrineuf (Ariège).
2. **Recouvre la vue** : retrouve la vue.

Rentrées à la maison, elles content cela au père et celui-ci dit : « Je serais bien heureux de recouvrer la vue ; mais si le corbeau ne vous plaît pas, je ne veux pas vous obliger à l'épouser.

– Eh bien, demain nous verrons si notre sœur veut le corbeau. »

Le lendemain les trois sœurs vont à la fontaine, où elles trouvent encore le corbeau. Celui-ci leur redit la même chose. « Si notre père doit recouvrer la vue, fait la jeune sœur, moi je veux bien t'épouser.

– S'il en est ainsi, dit le corbeau, demain tu reviendras ici avec une valise contenant tout ce qu'il faut pour se marier. »

Arrivées à la maison, leur père recouvra la vue aussitôt. Alors les trois sœurs se hâtent de préparer la valise ; et le lendemain la jeunette s'en va directement à la fontaine où le corbeau l'attendait. Elle lui attache la valise à une patte, monte sur ses ailes, et tous deux s'envolent…

Au bout d'une demi-heure environ, à la tombée de la nuit, ils arrivent devant un magnifique château et entrent par une fenêtre, dans une chambre tout obscure. Alors le corbeau se change en un riche prince ; c'était une fée qui lui avait donné ce pouvoir de se changer en corbeau pendant le jour.

Environ huit jours après, la bonne princesse retourna à la maison paternelle et conta tout cela aux siens. Pensez un peu comme ses sœurs furent jalouses : elles furent tellement jalouses qu'un soir elles montèrent vers le château et entrèrent en cachette dans la chambre de leur sœur. Elles allumèrent une bougie et firent couler tout plein de cire sur les ailes du prince, ailes qu'il posait sur une tablette quand il n'était pas changé en corbeau.

Lorsque le prince vit cela en se couchant, il en fut bien chagriné car la fée lui avait dit qu'il en aurait pour dix ans de pénitence [1] si ses ailes étaient détériorées [2].

Ils devaient tous les deux faire une longue pénitence. Le prince devait quitter son château un long espace de temps et s'en aller bien loin faire sa pénitence. La demoiselle devait travailler au château environ deux jours, puis aller faire sa pénitence également bien loin. Alors le prince lui dit : « Écoute ; je connais une fée qui m'a fait les recommandations suivantes. Quand on te fera exécuter un travail trop pénible, tu n'auras qu'à dire :

Courbasset, courbasset,	*Petit corbeau, petit corbeau,*
Assistats-me, siu plet !	*Aidez-moi, s'il vous plaît !*

Lorsque tu auras assez travaillé ici, on te fera aller chercher un diamant chez ma grand-mère. Mais tu auras soin alors d'emporter tout ceci : sept pains, sept gros balais, sept aiguilles, sept petits balais et sept bouteilles d'huile. Lorsque tu reviendras, on te fera mettre dans la cour du château et on te fera défiler devant tous les hommes pour te demander de choisir celui qui te plaît. Le dernier, ce sera moi et tu n'auras qu'à dire : je désire celui-ci. »

Et le prince partit…

Le lendemain, comme première épreuve, les hommes du château firent charger à la pauvre demoiselle cinquante

1. **Pénitence** : punition imposée pour racheter, réparer une faute.
2. **Détériorées** : abîmées.

charretées de fumier[1] en lui disant qu'il fallait exécuter ce travail dans la journée. Et la pauvrette se mit à pleurer car elle voyait qu'elle ne pourrait faire tout cela en si peu de temps. Mais, tout de même, elle se mit à l'œuvre et chargea une charretée. Alors, bien fatiguée, elle se rappela la recommandation du prince, et elle dit :

Courbasset, courbasset,
Assistats-me, siu plet !

Aussitôt, de tous les coins de la forêt, arrive une volée de corbeaux ; et dans moins de trois heures, les quarante-neuf charretées de fumier qui restaient à charger furent pleines.

Au soir, les hommes vinrent voir où en était le travail et ils furent étonnés. « Et comment a-t-elle fait de charger tout cela toute seule ? demanda l'un.

– Ce n'est pas possible, fit un autre.

– Nous verrons demain comment elle fera », dit un troisième.

Le lendemain on l'a fait aller décharger les cinquante charretées de fumier dans toutes les prairies du château. Arrivée au premier pré, elle se met à crier :

Courbasset, courbasset,
Assistat-me, siu plet !

1. **Fumier** : engrais naturel d'origine animale, mélange des litières et des excréments des animaux. Il s'agit donc d'une tâche infamante et répugnante, qui n'est pas sans rappeler l'un des douze travaux que doit accomplir, dans la mythologie grecque, le demi-dieu Héraclès, ou Hercule chez les Romains, pour devenir immortel : la cinquième épreuve de ce héros consiste à nettoyer les écuries d'Augias, qui n'avaient jamais été lavées.

Et les corbeaux arrivent de partout et déchargent les cinquante charretées en deux heures environ. Quand les hommes vinrent voir le travail, ils furent encore plus étonnés que la veille. Alors ils commandèrent à la demoiselle d'aller chercher le diamant à la maison de la grand-mère du prince.

Elle se met en route le lendemain, à l'aube, emportant les sept pains, les sept gros balais, les sept aiguilles, les sept petits balais et les sept bouteilles d'huile, comme le lui avait recommandé le prince.

Au bout d'un long moment, le chemin se mit à monter vers le sommet d'une colline. Et presque aussitôt la demoiselle rencontra sept chiens [1] qui se battaient, depuis sept ans, pour un morceau de pain et qui lui barraient la route. Elle leur donne un pain à chacun et ils la laissent passer.

Elle finit de monter au sommet de la colline, et un peu plus loin elle trouva sept femmes qui se battaient depuis sept ans pour un balai et qui lui barraient la route. Elle leur donne un balai à chacune et elles la laissent passer.

Plus loin, elle trouve sept tailleurs qui se battaient depuis sept ans pour une aiguille et qui lui barraient la route. Elle leur donne une aiguille à chacun et ils la laissent passer.

Encore plus loin, elle arrive au pied d'un grand escalier de pierre qui n'avait pas été balayé depuis sept ans. Elle se met à le balayer et en retire les toiles d'araignée avec ses petits balais. Au sommet de l'escalier, elle trouve les murs du château où demeurait la grand-mère du prince : mais

1. **Sept chiens** : il s'agit sans doute d'une allusion à Cerbère, chien à trois têtes, gardien des Enfers dans la mythologie grecque.

les portes étaient fermées et elles n'avaient pas été huilées depuis sept ans. Elle se met à les huiler comme il faut, puis elles s'ouvrent toutes seules. La demoiselle trouve d'autres escaliers qui n'avaient pas été balayés depuis sept ans ; elle les balaye soigneusement et en retire les toiles d'araignée avec ses petits balais. À force de monter, elle arrive au sommet des escaliers et se trouve devant la porte de la chambre de la grand-mère. Elle huile cette porte, qui depuis sept ans n'avait pas reçu une goutte d'huile, et celle-ci s'ouvre. Mais les sept bouteilles d'huile étaient épuisées, les sept petits balais étaient usés, et elle ne possédait plus rien.

Dans la chambre, la grand-mère dormait, et le diamant était suspendu à une poutre. La demoiselle monte sur une chaise, décroche le diamant et sort vivement. Mais aussitôt la grand-mère se réveille, jette les yeux à la poutre, n'y voit plus le diamant et se met à crier en se levant :

Porte, porte, arrête cette femme !
Escaliers, escaliers, arrêtez cette voleuse !
Portes, portes, arrêtez cette voleuse !

Mais les portes, bien heureuses d'être huilées, alors que depuis sept ans elles ne l'avaient pas été, et les escaliers, bien heureux d'être balayés alors que depuis sept ans ils ne l'avaient pas été, laissèrent passer la brave fille.

La vieille femme s'était mise à sa poursuite. Et elle se mit à crier quand la demoiselle arriva près des sept femmes :

Femmes, femmes, arrêtez cette voleuse !

Et les sept femmes répondirent : « Nous autres, il y avait sept ans que nous nous battions pour un balai et maintenant nous en avons un chacune. » Et elles laissèrent passer la demoiselle.

Plus loin, la grand-mère vit les sept tailleurs, puis les sept chiens, et elle leur cria :

Tailleurs, tailleurs, arrêtez cette voleuse !
Chiens, chiens, arrêtez cette voleuse !

Les tailleurs lui disent : « Nous autres, il y avait sept ans que nous nous battions pour une aiguille, et maintenant nous en avons une chacun. »

Et les chiens répondent : « Nous autres, il y avait sept ans que nous nous battions pour un morceau de pain, et maintenant nous avons un pain chacun. »

Et tailleurs et chiens laissent passer la brave fille. Elle arriva ainsi au château du prince et porta le diamant.

Le lendemain on la fit passer devant tous les hommes du château, alignés dans la cour, pour choisir celui qu'elle désirait comme mari. « Tu désires celui-ci ? lui demandait-on en passant devant chacun d'eux.

– Non », répondait-elle.

Ils arrivèrent ainsi au dernier qui était couvert d'habits déchirés. « Tu désires celui-ci ? lui demanda-t-on.

– Oui, je désire celui-ci », répondit-elle.

C'était le prince. La brave fille avait achevé sa pénitence, et le prince la sienne. Alors ils se marièrent, et il se fit une noce comme jamais on n'avait vu la pareille.

Soun passat per un prat.	*Je suis passé dans un pré.*
Tric, trac,	*Tric, trac,*
Moun counte es acabat.	*Mon conte est fini.*

La voix des contes

Lorsque Mme Leprince de Beaumont fait paraître *La Belle et la Bête*, elle s'inscrit dans la lignée de Charles Perrault (1628-1703), auteur des célèbres *Contes*. Pour préparer leur lecture, les éditions des *Contes* de Perrault s'ouvrent sur une illustration située en face de la page de titre et appelée « frontispice » : c'est une sorte de préface en images, un art poétique en actes.

▶ Frontispice des *Contes* de Perrault, dessiné par l'auteur et gravé par Antoine Clouzier, 1697. Cette image représente la scène canonique de la veillée, au cours de laquelle un auditoire attentif écoute des histoires issues du fond des âges. La porte présente en arrière-plan symbolise le passage fondateur de l'oralité du conte populaire aux arcanes du conte littéraire.

◀ « La lecture des *Contes* en famille », frontispice de Gustave Doré (1832-1883) pour l'édition Hetzel des *Contes* de Perrault, 1862.

Questions

1. Vous comparerez les deux images dans un tableau, en examinant les éléments suivants : cadre, auditoire, premier plan/arrière-plan. Quelles différences notoires pouvez-vous relever, à deux siècles de distance ? Dans la gravure de Gustave Doré, à qui semblent essentiellement destinés les contes merveilleux ?
2. Le frontispice de Perrault gravé par Clouzier mettait en valeur la nourrice conteuse et le caractère oral du conte. Quel motif est ici au centre du frontispice de Doré ? Pourquoi ?

La Bête comme avatar du monstre

La Bête du conte de Mme Leprince de Beaumont appartient à une longue lignée de monstres qui hantent la mythologie, la littérature et le monde des arts. La Bible en offre de nombreux exemples (le Léviathan, la Bête de l'Apocalypse), de même que les textes fondateurs de l'Antiquité (cyclopes, centaures, le Minotaure).

▲ **Miniature de la fin du XIIIe siècle.** Dans l'Apocalypse, dernier livre de la Bible décrivant la fin des temps, il est fait allusion à un monstre effrayant pourvu de sept têtes : « Alors je vis monter de la mer une bête qui avait dix cornes et sept têtes ; sur ses cornes, dix diadèmes, sur ses têtes, des noms blasphématoires. La bête que je vis était semblable à un léopard, ses pattes étaient comme celles d'un ours et sa bouche comme la bouche d'un lion. »

Le monstre hybride

Picasso (1881-1973), *Minotaure et jument*, 1936, gouache et encre de Chine, 50 x 65 cm, Paris, musée Picasso. Dans la mythologie grecque, le Minotaure est un monstre à tête de taureau et à corps d'homme, enfermé dans un labyrinthe, auquel on livre des jeunes gens innocents tous les neuf ans pour qu'il les dévore. La figure du Minotaure est un motif récurrent de l'œuvre de Pablo Picasso, parce qu'il symbolise la dualité de l'artiste et de l'homme, déchiré entre ses parts d'ombre et de lumière.

Louis-Jean-François Lagrenée (1724-1805), *L'Enlèvement de Déjanire par le centaure Nessus*, 1755, Paris, musée du Louvre. Monstre de la mythologie grecque, mi-homme, mi-cheval, le centaure symbolise les forces obscures et indomptables de la nature. Dans la scène représentée sur ce tableau et racontée par Ovide dans les *Métamorphoses* (chant IX, v. 101-134), le centaure Nessus enlève Déjanire, l'épouse du héros grec Hercule, tandis qu'il renverse violemment le fleuve Événos, peint allégoriquement sous les traits d'un vieillard.

Le monstre amoureux

Alors que dans la plupart des contes, la noirceur morale répond à la laideur physique, la Bête inverse ce manichéisme. Sous ses traits repoussants, le monstre peut aussi cacher une âme vertueuse et un cœur amoureux, comme celui de Quasimodo ou, mieux encore, le monstre supposé peut se révéler beau comme le jour à la lumière des lampes.
Antihéros de *Notre-Dame de Paris* (1831) de Victor Hugo, « borgne, bossu, cagneux », Quasimodo devient l'archétype du monstre au grand cœur, ennobli par l'amour qu'il voue à la jolie Esméralda. Cette figure émouvante n'est pas sans rappeler la Bête, éperdue d'amour pour la Belle et qui, privée de sa présence, sera à l'agonie.

Quasimodo (1939) de William Dieterle, où le rôle du Bossu de Notre-Dame est incarné par Charles Laughton.

Odilon Redon (1840-1916), *Cyclope*, 1914, huile sur toile, Otterlo, Kröller-Müller Museum.
Géant anthropophage à l'œil unique, le cyclope Polyphème est mis en scène dans le chant IX de l'*Odyssée* d'Homère. Mais les *Métamorphoses* d'Ovide montrent aussi le cyclope amoureux de la nymphe Galatée qui, elle, est éprise du berger Acis. Polyphème se vengera en écrasant son rival sous un rocher. Le peintre Odilon Redon nous propose ici une nouvelle variation sur le monstre, à la fois touchant, plein de désir, grotesque et inquiétant.

Le mythe, source du conte

L'une des sources du conte *La Belle et la Bête* est le récit d'*Amour et Psyché*, enchâssé dans *L'Âne d'or* d'Apulée (auteur latin du IIe siècle). Selon le motif traditionnel, la jeune et belle Psyché est offerte en sacrifice à une « bête » invisible, avec laquelle elle doit se marier. Cet époux mystérieux, censé être monstrueux, prend soin de sa femme avec le plus grand raffinement ; il lui interdit simplement de le voir, le jour comme la nuit. Mais un soir, Psyché profite du sommeil de son mari pour le surprendre et découvre alors l'incroyable vérité.

▲ Louis-Jean-François Lagrenée (1724-1805), *Psyché surprend l'Amour endormi*, 1768, Paris, musée du Louvre. Lagrenée choisit de représenter la scène de la transgression de Psyché, qui lui révèle l'identité de son époux, le dieu Amour, et signe le début d'une longue série d'épreuves.

La Belle et la Bête : un conte littéraire étonnamment populaire

Le conte de Mme Leprince de Beaumont connut une postérité étonnante. Édité dès le XVIIIe siècle dans la Bibliothèque bleue (série de livres à bas coût qui circulaient dans les campagnes grâce aux colporteurs), il fut également adapté et diffusé au XIXe siècle grâce aux planches des images d'Épinal. Ces illustrations naïves, aux couleurs vives et destinées à un large public, lui assurèrent un succès populaire qui ne s'est jamais démenti depuis.

Il cueille une rose pour sa fille, et voit s'avancer une bête affreuse, qui le condamne à mourir lui ou une de ses filles.

La Bête reçoit le marchand et la Belle dans son château.

La Bête demande à la Belle si elle consent à l'épouser.

En revenant elle trouve la Bête qui se mourait de chagrin, et elle consent à l'épouser.

▲ *La Belle et la Bête*, images d'Épinal, estampe de 1846 (vignettes 4, 6, 7 et 9), Paris, Bibliothèque nationale de France.
Le conte est résumé et illustré par dix vignettes qui donnent à la Bête, pourtant jamais décrite dans notre conte, les traits grossiers d'une créature diabolisée : seul l'amour va l'humaniser et la délivrer, au fil des images.

Le fiancé animal, entre fascination et répulsion

La Belle et la Bête appartient à un cycle de récits qui ont pour thème le fiancé animal. Ce sujet est traité parfois selon des perspectives inversées. Ainsi, dans *La Barbe bleue* de Perrault, le monstre est métaphorique : l'époux fortuné semble être un honnête homme mais son cœur est plein de perversité, tandis que notre Bête a le masque du monstre mais son cœur est plein de bonté. Les adaptations cinématographiques de *La Belle et la Bête* donneront un nouveau visage au monstre, qui deviendra à la fois prince ou seigneur, fauve et félin.

Illustration de Gustave Doré (1832-1883) pour « La Barbe bleue », dans les *Contes* de Perrault, Hetzel, 1862. Première d'une série de quatre, cette gravure met en scène le moment de la mise en garde dans le conte : l'époux aux yeux de fauve dévore du regard la jeune épousée qui, fascinée par la clef interdite, ne voit rien du danger qui la guette…

Jean Cocteau (1889-1963), *La Belle et la Bête* (1946), avec Josette Day (la Belle) et Jean Marais (la Bête). Fasciné par le thème du double et la poésie simple de ce conte, Jean Cocteau l'adapta au cinéma, en s'appuyant sur le talent de son directeur de la photographie, Henri Alekan (voir Dossier, p. 116-118). Celui-ci cisela une image quasi picturale, magnifiée par les contrastes saisissants du noir et blanc.

Le conte en images *

Depuis sa première édition dans *Le Magasin des enfants*, l'histoire de *La Belle et la Bête* a été illustrée de nombreuses fois. L'atmosphère merveilleuse du conte et l'absence de description physique de la Bête permettent aux illustrateurs de donner libre cours à leur imagination.

▲ David Sala (né en 1973), illustration de *La Belle et la Bête*, Casterman, 2014.
L'illustrateur David Sala propose ici une version rêveuse de la scène de retrouvailles entre la Belle et la Bête, dans laquelle se lit l'influence du peintre viennois Gustav Klimt (1862-1918). Les teintes douces, la présence de la nature et l'attitude de la Belle soulignent l'émotion de ce passage, qui précède la déclaration amoureuse et la métamorphose de la Bête.

▲ Olivier Tallec (né en 1970), illustration de *La Belle et la Bête*, Flammarion, coll. « Père Castor », 2005.
À l'inverse, Olivier Tallec représente ici la Bête en monstre terrifiant. La couleur rouge, le bras tendu dans un geste d'accusation et l'ombre gigantesque qui recouvre le marchand agenouillé soulignent l'apparente cruauté de la créature.

* « Le conte en images », p. 115

L'Homme-poulain[1]

Il y avait autrefois, au vieux château de Kerouez, en la commune de Loguivy-Plougras, un seigneur riche et puissant qui avait un fils unique, lequel était venu au monde avec une tête de poulain, ce dont toute la famille était fort désolée[2]. Quand l'enfant à tête de poulain eut atteint l'âge de dix-huit ans, il dit un jour à sa mère qu'il voulait se marier, et qu'il fallait aller lui demander une des filles du fermier, qui avait trois jolies jeunes filles.

La bonne dame se rendit chez sa fermière, un peu embarrassée de sa commission. Après avoir causé longtemps avec elle de son bétail, de ses enfants et de mille autres choses, elle expliqua enfin le motif de sa visite.

1. Conte collecté par **F.-M. Luzel** auprès de **Barbe Tassel** au bourg de Plouaret en 1869. François-Marie Luzel (1821-1895) fait partie de cette génération de folkloristes qui, à la fin du XIXe siècle, se mirent à recueillir méthodiquement contes et récits. Il naît en 1821 à Plouaret, près de Lannion (Côtes-d'Armor). Il exerce tour à tour les fonctions de professeur, de journaliste et d'archiviste du Finistère. Il collecte de nombreux contes en basse Bretagne. L'écrivain Ernest Renan, avec lequel il entretint une longue correspondance, évoque son ami dans un court passage de ses *Souvenirs d'enfance et de jeunesse* (1883) : « Luzel sera, j'espère, le Pausanias [géographe et voyageur de l'Antiquité] de ces petites chapelles locales et fixera par écrit toute cette magnifique légende [celle de saint Ronan], à la veille de se perdre. »

2. **Ce dont toute la famille était fort désolée** : ce qui avait attristé la famille.

« Jésus ! Madame, que dites-vous là ! Donner ma fille, une chrétienne, à un homme qui a une tête de bête ! s'écria la fermière.

– Ne vous effrayez pas trop de cela, ma pauvre femme, c'est Dieu qui me l'a donné ainsi, et il en est assez malheureux, le pauvre enfant ! Du reste, c'est la douceur et la bonté même, et votre fille serait heureuse avec lui.

– Je vais demander à mes filles, et si l'une d'elles accepte, je n'y ferai point d'opposition. »

Et la bonne femme alla trouver ses filles, et leur expliqua le motif de la visite de la dame du château. « Osez-vous bien nous faire une pareille proposition ? répondirent les deux aînées ; épouser quelqu'un qui a une tête de poulain ! Il faudrait être bien à court de galants [1], et, Dieu, merci, nous n'en sommes pas là.

– Mais, songez donc comme il est riche, et, comme il est fils unique, le château et tout le reste vous appartiendra.

– C'est vrai, reprit l'aînée, je serai ainsi châtelaine ; eh bien ! dites-lui que je consens à l'épouser. »

La mère transmit la réponse de sa fille aînée à la dame, et celle-ci revint tout heureuse au château, pour annoncer la nouvelle à son fils.

On s'occupa immédiatement des préparatifs de la noce.

Quelques jours après, la jeune fiancée était près du *douet* [2], dans le bois, regardant les servantes du château qui lavaient le linge, causant et riant avec elles. Une d'elles lui dit : « Comment pouvez-vous prendre pour époux

1. **Galants** : hommes qui aiment faire la cour aux femmes. Vient de *galer* qui, en ancien français, veut dire « s'amuser ».

2. **Douet** : lavoir.

quelqu'un qui a une tête de poulain, une belle fille comme vous !

– Bah ! répondit-elle, il est riche ; et puis, soyez tranquilles, il ne sera pas longtemps mon mari, car, la première nuit de mes noces, je lui couperai le cou. »

En ce moment, vint à passer un beau seigneur qui, ayant entendu la conversation, dit : « Vous avez là une singulière conversation !

– Ces lavandières [1], Monseigneur, répondit la jeune fiancée, se moquent de moi, parce que je consens à me marier avec le jeune seigneur du château, qui a une tête de poulain ; mais, je ne serai pas longtemps la femme de cet animal-là, car, la première nuit de mes noces, je lui couperai le cou.

– Vous ferez bien », répondit l'inconnu.

Et il poursuivit sa route, et disparut.

Enfin, le jour des noces arriva. Grande fête au château et grands festins. L'heure venue, les filles d'honneur conduisirent la jeune mariée à la chambre nuptiale [2], la déshabillèrent, la mirent au lit, puis se retirèrent. Le jeune époux arriva alors, beau et brillant ; car, après le coucher du soleil, il perdait sa tête de poulain et devenait en tout semblable aux autres hommes. Il courut au lit, se pencha sur la jeune épouse, comme pour l'embrasser, et lui coupa la tête !...

1. **Lavandières** : femmes qui lavent le linge à la main. C'est un motif fréquent dans les contes populaires bretons. Ici, les lavandières font partie du monde obscur auquel appartient aussi l'homme-poulain. En Bretagne, les lavandières de la nuit, contraintes de laver sans répit en punition d'une faute passée (l'infanticide par exemple), alimentent contes et légendes locales.

2. **Nuptiale** : relative aux noces, à la célébration du mariage.

Le lendemain matin, quand sa mère vint, elle fut saisie d'horreur au spectacle qui s'offrit à ses yeux, et s'écria : « Dieu, mon fils, qu'avez-vous fait ?

– Je lui ai fait, ma mère, ce qu'elle voulait me faire à moi-même. »

Trois mois après, l'envie de se marier reprit le seigneur à la tête de poulain, et il pria sa mère de lui aller demander la seconde fille du fermier. Celle-ci ignorait, sans doute, la manière dont sa sœur avait péri ; aussi accepta-t-elle avec empressement la proposition qui lui était faite, toujours à cause des grands biens du jeune seigneur.

Les préparatifs de la noce commencèrent aussitôt, et un jour qu'elle était, comme sa sœur, près du *douet*, regardant les lavandières du château, causant et riant avec elles, quelqu'une lui dit : « Comment pouvez-vous prendre pour mari un homme à tête de poulain, jolie comme vous êtes ? Et puis, prenez bien garde, personne ne sait bien au juste ce qu'est devenue votre sœur aînée…

– Soyez donc tranquilles, je saurai bien me débarrasser de cet animal-là ; je le tuerai comme un pourceau [1], la première nuit de ses noces, et tous ses biens me resteront. »

En ce moment vint encore à passer le même seigneur inconnu, qui s'arrêta un instant et dit : « Vous avez là une étrange conversation, jeunes filles !

– Ce sont ces filles, Monseigneur, qui me dissuadent de me marier avec le jeune maître du château, parce qu'il a une tête de poulain ; mais, je l'égorgerai, comme un pourceau, la première nuit de mes noces, et tous ses biens m'appartiendront.

1. **Un pourceau** : un porc.

– Vous ferez bien », répliqua l'inconnu.

Et il disparut.

Les noces furent célébrées avec solennité, comme la première fois ; festins magnifiques, musique, danses, toutes sortes de jeux. Mais, le lendemain matin, la jeune mariée fut encore trouvée dans son lit, la tête coupée !…

Trois mois après, le jeune seigneur à la tête de poulain dit à sa mère de lui aller demander la troisième fille du fermier. Les parents firent des difficultés, cette fois ; le sort de leurs deux aînées les effrayait. Mais, on leur offrit de leur céder leur métairie [1] en toute propriété, et ce fut là un argument irrésistible. D'ailleurs, la jeune fille elle-même était consentante et dit à sa mère : « Je le prendrai volontiers, ma mère ; si mes deux sœurs ont perdu la vie, c'est leur faute ; c'est leur langue qui en a été la cause. »

On fit donc des préparatifs de noces au château, pour la troisième fois. Comme ses deux aînées, la jeune fiancée alla causer avec les lavandières sur l'étang. « Comment, lui disaient-elles, une jolie fille comme vous, vous allez vous marier avec quelqu'un qui a une tête de poulain, et après ce qui est arrivé à vos deux sœurs aînées !

– Oui, oui, répondit-elle, avec assurance, je me marierai avec lui et je n'ai pas peur qu'il m'arrive comme à mes sœurs ; s'il leur est arrivé malheur, c'est leur langue qui en a été la cause. »

En ce moment, vint à passer le même seigneur que les deux autres fois, qui entendit la conversation, et poursuivit sa route, sans rien dire, cette fois.

1. **Métairie** : ferme exploitée par un métayer, locataire qui verse une partie de ses récoltes au propriétaire.

Les noces eurent lieu avec grande pompe [1] et solennité ; festins magnifiques, musique, danses, jeux et divertissements de toutes sortes, comme les deux premières fois. La seule différence fut que, le lendemain, la jeune mariée vivait encore. Pendant neuf mois, elle vécut heureuse avec son mari. Celui-ci n'avait sa tête de poulain que pendant le jour ; le soleil couché, il devenait un beau jeune homme, jusqu'au lendemain matin.

Au bout de neuf mois, la jeune femme donna le jour à un fils, un bel enfant, bien conformé, et sans tête de poulain. Au moment de partir pour faire baptiser l'enfant, le père dit à la jeune mère : « J'avais été condamné à porter une tête de poulain ; jusqu'à ce qu'un enfant me fût né ; maintenant je vais être délivré, et, une fois mon fils baptisé, je serai en tout semblable aux autres hommes. Mais, ne dites rien de ceci à qui que ce soit, jusqu'à ce que les cloches du baptême aient cessé de sonner ; si vous en dites la moindre chose, même à votre mère, je disparaîtrai à l'instant, et vous ne me reverrez plus jamais ! »

Ayant fait cette recommandation, il partit avec le parrain et la marraine, pour faire baptiser son fils.

Bientôt la jeune mère entendit les cloches de son lit, et elle était tout heureuse. Dans son impatience d'annoncer la bonne nouvelle à sa mère, qui était près de son lit, elle ne put attendre qu'elles eussent cessé de sonner et parla. Aussitôt elle vit arriver son mari, avec sa tête de poulain, couvert de poussière et fort en colère. « Ah ! malheureuse, s'écria-t-il, qu'as-tu fait ? À présent, je pars, et tu ne me reverras plus jamais ! »

1. **Avec grande pompe** : avec faste et luxe.

Et il partit aussitôt, sans même l'embrasser.

Elle se leva pour le retenir ; ne le pouvant pas, elle courut après lui. « Ne me suis pas ! » lui cria-t-il. Mais elle ne l'écoutait pas, et courait toujours. « Ne me suis pas, te dis-je ! »

Elle était sur ses talons, elle allait l'atteindre ; il se détourna alors et lui donna un coup de poing en pleine figure. Le sang jaillit jusque sur sa chemise, et y fit trois taches. « Puissent ces taches, s'écria la jeune femme, ne pouvoir jamais être effacées, jusqu'à ce que j'arrive à les enlever moi-même !

– Et toi, malheureuse, répondit son mari, tu ne me retrouveras que lorsque tu auras usé trois paires de chaussures de fer à me chercher ! »

Pendant que le sang, qui coulait en abondance du nez de la jeune mère, l'empêchait de poursuivre, l'homme-poulain continuait sa course, et elle l'eut bientôt perdu de vue.

Alors, elle se fit faire trois paires de chaussures de fer, et partit à sa recherche. Elle allait au hasard, ne sachant quelle direction prendre.

Après avoir marché pendant dix ans, sa troisième paire de chaussures était presque usée, quand elle se trouva un jour auprès d'un château, où des servantes étaient à laver du linge, sur un étang. Elle s'arrêta un instant pour les regarder, et entendit une des lavandières qui disait : « La voici encore, la chemise ensorcelée ! Elle se présente à toutes les buées [1], et j'ai beau la frotter avec du savon, je ne puis enlever les trois taches de sang qui s'y trouvent ; et demain le seigneur en aura besoin pour aller à l'église, car c'est sa plus belle chemise ! »

1. **À toutes les buées** : à toutes les lessives.

La jeune femme écoutait de toutes ses oreilles. Elle s'approcha de la lavandière qui parlait ainsi, et lui dit : « Confiez-moi un peu cette chemise, je vous prie ; je pense que je réussirai à faire disparaître les taches. »

On lui donna la chemise ; elle cracha sur les taches, la trempa dans l'eau, puis la frotta, et les taches disparurent. « Je vous remercie, lui dit la lavandière ; allez au château, demandez à loger et tantôt, quand j'arriverai, je vous recommanderai à la cuisinière. »

Elle se rendit au château, elle mangea à la cuisine avec les domestiques, et on la fit coucher dans un petit cabinet, tout près de la chambre du seigneur. Tous les lits étaient occupés partout. Vers minuit, le seigneur entra dans sa chambre. Le cœur de la jeune femme battait si fort de se trouver si près de son mari qu'elle faillit s'évanouir. Une cloison de planches seule les séparait l'un de l'autre. Elle frappa avec son doigt sur la cloison ; son mari répondit de l'autre côté.

Elle se fit connaître, et son mari s'empressa de venir la rejoindre. Jugez s'ils furent heureux de se retrouver, après une si longue séparation, et tant de maux soufferts !

Il était grand temps ! Le lendemain devait se célébrer son mariage avec la fille du maître de ce château. Mais il fit remettre la cérémonie, je ne sais sous quel prétexte, et, comme le festin était préparé et que les invités étaient tous arrivés, on se mit à table. L'étrangère, belle comme une princesse, quoique peu parée, fut présentée à la société, par la fiancée, comme sa cousine.

Le repas fut fort gai. Vers la fin, le fiancé parla ainsi à son futur beau-père : « Beau-père, je voudrais avoir votre avis sur le cas que voici : j'ai un joli coffret, rempli d'objets précieux, et dont j'avais perdu la clef. J'ai fait faire une nouvelle clef, et je viens maintenant de retrouver la première. À laquelle dois-je donner la préférence [1] ?

– Respect est toujours dû à ce qui est ancien, répondit le vieillard ; il faut reprendre votre première clef.

– Eh bien ! voici ma première femme, que je viens de retrouver, car je suis déjà marié ; et comme je l'aime toujours, je pense qu'il me convient de la reprendre, comme vous l'avez dit vous-même. »

Grand fut l'étonnement de tout le monde ; et, au milieu du silence général, il prit sa première femme par la main, et sortit avec elle de la salle du festin.

Ils retournèrent dans leur pays et vécurent heureux ensemble, le reste de leurs jours.

---

1. Dans plusieurs variantes de ce conte, c'est l'héroïne qui pose cette énigme sur le thème de la fidélité en amour.

Le Loup blanc[1]

Il était une fois un homme qui avait trois filles. Un jour, il leur dit qu'il allait faire un voyage. « Que me rapporteras-tu ? demanda l'aînée.

– Ce que tu voudras.

– Eh bien ! rapporte-moi une belle robe.

– Et toi, que veux-tu ? dit le père à la cadette.

– Je voudrais aussi une robe.

– Et toi, mon enfant ? dit-il à la plus jeune, celle des trois qu'il aimait le mieux.

– Je ne désire rien, répondit-elle.

– Comment, rien ?

– Non, mon père.

– Je dois rapporter quelque chose à tes sœurs, je ne veux pas que tu sois la seule qui n'ait rien.

– Eh bien ! je voudrais avoir la rose qui parle.

– La rose qui parle ? s'écria le père. Où pourrai-je la trouver ?

– Oui, mon père, c'est cette rose que je veux ; ne reviens pas sans l'avoir. »

1. Conte lorrain collecté par **Emmanuel Cosquin** (1841-1919). Ce folkloriste était un érudit qui écrivit des études sur les contes populaires. Son grand œuvre est l'ouvrage intitulé *Les Contes populaires de Lorraine* (1886) qui sont pour la France l'équivalent des *Contes* des frères Grimm pour l'Allemagne.

Le père se mit en route. Il n'eut pas de peine à se procurer de belles robes pour ses filles aînées ; mais, partout où il s'informa de la rose qui parle, on lui dit qu'il voulait rire, et qu'il n'y avait au monde rien de semblable. « Pourtant, disait le père, si cette rose n'existait pas, comment ma fille me l'aurait-elle demandée ? » Enfin il arriva un jour devant un beau château, d'où sortait un murmure de voix ; il prêta l'oreille et entendit qu'on parlait et qu'on chantait. Après avoir fait plusieurs fois le tour du château sans en trouver l'entrée, il finit par découvrir une porte et entra dans une cour au milieu de laquelle était un rosier couvert de roses : c'étaient ces roses qu'il avait entendues parler et chanter. « Enfin, dit-il, j'ai donc trouvé la rose qui parle ! » Et il s'empressa de cueillir une des roses.

Aussitôt un loup blanc s'élança sur lui en criant : « Qui t'a permis d'entrer dans mon château et de cueillir mes roses ? Tu seras puni de mort : tous ceux qui pénètrent ici doivent mourir.

– Laissez-moi partir, dit le pauvre homme. Je vais vous rendre la rose qui parle.

– Non, non, répondit le loup blanc, tu mourras.

– Hélas ! dit l'homme, que je suis malheureux ! Ma fille me demande de lui rapporter la rose qui parle, et, quand enfin je l'ai trouvée, il faut mourir !

– Écoute, reprit le loup blanc, je te fais grâce, et, de plus, je te permets de garder la rose, mais à une condition : c'est que tu m'amèneras la première personne que tu rencontreras en rentrant chez toi. »

Le pauvre homme le promit et reprit le chemin de son pays. La première personne qu'il vit en rentrant chez lui, ce fut sa plus jeune fille. « Ah ! ma fille, dit-il, quel triste voyage !

– Est-ce que vous n'avez pas trouvé la rose qui parle ? lui demanda-t-elle.

– Je l'ai trouvée, mais pour mon malheur. C'est dans le château d'un loup blanc que je l'ai cueillie. Il faut que je meure.

– Non, dit-elle, je ne veux pas que vous mouriez. Je mourrai plutôt pour vous. »

Elle le lui répéta tant de fois qu'enfin il lui dit : « Eh bien ! ma fille, apprends ce que je voulais te cacher. J'ai promis au loup blanc de lui amener la première personne que je rencontrerais en rentrant dans ma maison. C'est à cette condition qu'il m'a laissé la vie.

– Mon père, dit-elle, je suis prête à partir. »

Le père prit donc avec elle le chemin du château. Après plusieurs jours de marche, ils y arrivèrent sur le soir, et le loup blanc ne tarda pas à paraître. L'homme lui dit : « Voici la personne que j'ai rencontrée la première en rentrant chez moi. C'est ma fille, celle qui avait demandé la rose qui parle.

– Je ne vous ferai point de mal, dit le loup blanc. Mais il faut que vous ne disiez à personne rien de ce que vous aurez vu ou entendu. Ce château appartient à des fées ; nous tous qui l'habitons, nous sommes féés [1] ; moi je suis condamné à être loup blanc pendant tout le jour [2]. Si vous gardez le secret, vous vous en trouverez bien. »

1. **Féés** : c'est-à-dire enchantés (participe passé du verbe *féer*).

2. Le lai de Marie de France (seconde moitié du XIIe siècle) intitulé « Le Bisclavret » peut être mis en parallèle (voir Marie de France, *Lais*, GF-Flammarion, 1994).

La jeune fille et son père entrèrent dans une chambre où un bon repas était servi ; ils se mirent à table, et bientôt, la nuit étant venue, ils virent entrer un beau seigneur : c'était le même qui s'était montré d'abord sous la forme du loup blanc. « Vous voyez, leur dit-il, ce qui est écrit sur la table : *Ici on ne parle pas.* » Ils promirent tous les deux encore une fois de ne rien dire. La jeune fille s'était retirée depuis quelque temps dans sa chambre, lorsqu'elle vit entrer le beau seigneur. Elle fut bien effrayée et poussa de grands cris. Il la rassura et lui dit que, si elle suivait ses recommandations, il l'épouserait, qu'elle serait reine et que le château lui appartiendrait. Le lendemain, il reprit la forme de loup blanc, et la pauvre enfant pleurait en entendant ses hurlements.

Après avoir encore passé la nuit suivante au château, le père s'en retourna chez lui. La jeune fille resta au château et ne tarda pas à s'y plaire : elle y trouvait tout ce qu'elle pouvait désirer ; elle entendait tous les jours des concerts de musique ; rien n'était oublié pour la divertir.

Cependant sa mère et ses sœurs étaient dans une grande inquiétude. Elles se disaient : « Où est notre pauvre enfant ? où est notre sœur ? » Le père, à son retour, ne voulut d'abord rien dire de ce qui s'était passé ; à la fin [1], pourtant, il céda à leurs instances et leur apprit où il avait laissé sa fille. L'une des deux aînées se rendit auprès de sa sœur et lui demanda ce qui lui était arrivé. La jeune fille résista longtemps ; mais sa sœur la pressa tant qu'elle lui révéla son secret.

Aussitôt on entendit des hurlements affreux. La jeune fille se leva épouvantée. À peine était-elle sortie, que le loup

1. **À la fin** : voir note 4, p. 32.

blanc vint tomber mort à ses pieds. Elle comprit alors sa faute ; mais il était trop tard, et elle fut malheureuse tout le reste de sa vie[1].

■ Ce costume de loup-garou a été conçu pour le *Ballet royal de la Nuit* de Lully. Louis XIV avait quinze ans lorsqu'il le dansa. On peut voir dans ce costume une illustration de la double nature de l'homme (humain/animal).

1. Comme dans *L'Âne d'or* d'Apulée (voir p. 12) et comme dans plusieurs autres contes sur la recherche de l'époux disparu, on retrouve le thème du secret à garder – illustration du proverbe selon lequel le silence est d'or...

TOUT POUR RÉUSSIR

QUESTIONS SUR L'ŒUVRE

+

GROUPEMENTS DE TEXTES

+

ARTS ET MÉDIAS

QUIZ

Avez-vous bien lu ?

Répondez aux questions en rédigeant vos réponses avec soin (majuscule, phrases complètes, plusieurs éléments de réponse, justification avec citations). Le questionnaire suit l'ordre chronologique du conte.

1. Pourquoi l'héroïne s'appelle-t-elle « la Belle » ?

2. Quel élément perturbateur bouleverse la famille au début du conte ?

3. Que doit faire la Belle dans leur nouvelle maison à la campagne ?

4. À quelle occasion le père découvre-t-il le château de la Bête ?

5. Pourquoi peut-on dire que ce château est enchanté ? Vous donnerez deux indices qui montrent qu'il s'agit d'un univers merveilleux.

6. Comment le père de la Belle provoque-t-il la colère de la Bête ?

7. À quoi la Bête condamne-t-elle le père de la Belle ?

8. Que propose la Belle pour apaiser la colère de la Bête ?

9. Le visage de la Bête est terrifiant mais qu'en est-il de son cœur ? Vous justifierez votre réponse en citant le texte.

10. Que demande la Bête à plusieurs reprises à la Belle ?

11. À quoi sert la bague que donne la Bête à la Belle ?

12 Pourquoi la Bête accorde-t-elle à la Belle de se rendre chez son père ? Sous quelle condition ?

13. Chez son père, l'héroïne fait un rêve : qui voit-elle ? Que lui arrive-t-il ?

14. Que découvre-t-elle en rentrant au château de la Bête ?

15. Quelles paroles de la Belle délivrent la Bête ?

16. Comment les deux sœurs sont-elles punies ?

17. Comment se termine le conte ? Précisez ce qui arrive à chacun.

LECTURE GUIDÉE

Questions de compréhension et d'interprétation

« [Le conte de *La Belle et la Bête*] est une merveille [...] et les idées de film m'arrivent en foule », écrit Jean Cocteau dans son *Journal*, le 11 janvier 1944. Ce texte aux allures si simples, aux origines si modestes, inséré dans un manuel de classe au XVIIIe siècle, a séduit, grâce à la récriture de Mme Leprince de Beaumont, des générations entières à travers les pays et les époques. Partons à sa découverte !

➤ Extrait n° 1 : l'ouverture du récit

Relisez le début du conte, de « Il y avait une fois un marchand » à « l'insultaient à tout moment » (p. 29-31, l. 1-75) et répondez aux questions suivantes.

A. L'univers du conte

1. Peut-on dire où et quand se passe l'action ? Quels sont les noms des personnages ? Que peut-on en conclure ?

2. Un conte est aussi porté par une voix : relevez un commentaire, à la première personne, du narrateur ou du conteur, qui nous accompagne dans son récit.

B. Les personnages

3. Le début du conte est structuré par des oppositions fortes. Le personnage de la Belle est en effet présenté dans deux situations très différentes puisque sa famille passe, par un revers de fortune, de l'extrême richesse à la pauvreté.

Pour étudier comment le conte distribue les rôles entre les personnages bons et les mauvais, complétez le tableau suivant en vous aidant des exemples donnés dans la première colonne. Vous relèverez des mots ou des phrases caractérisant chaque personnage dans les différentes situations que connaît la famille. Soyez sensible aux oppositions qui séparent les sœurs et repérez les antonymes[1].

	1. Situation initiale : une famille riche	**2. Événement perturbateur : « Le marchand perdit son bien »**	**3. Résultat : une famille au travail**
Le père	– « marchand [...] extrêmement riche » (l. 1) – ...		
Les deux sœurs	– « très belles » (l. 6) – ...		
La Belle (la cadette)	– « se faisait admirer » (l. 7) – « la Belle enfant » (l. 8) – ...		
Synthèse			

1. **Antonymes** : mots dont le sens s'oppose (« laid » est par exemple l'antonyme de « beau »).

4. Après avoir dressé la liste des vertus[1] et des vices[2] dont le narrateur a doté les différents personnages, caractérisez le portrait qui est fait de la Belle au début du récit. Est-il positif ? Pourquoi ? Relisez la dernière phrase du conte : pourquoi cette histoire se termine-t-elle par le mot « vertu » ?

C. Famille et fratrie

5. Que pensez-vous de la composition de cette famille ?

6. Quel est le personnage absent ?

7. Que deviennent les trois frères dans cet *incipit*[3] ?

Pour aller plus loin

Pour enrichir votre lecture et approfondir le thème des liens familiaux dans les contes, retrouvez les histoires :

– de Cendrillon et du Petit Poucet dans les *Contes* de Charles Perrault (Flammarion, coll. « Étonnants Classiques », 2017) ;

– de La Belle au bois dormant, Blanche-Neige, et Peau de mille-bêtes dans les contes de Grimm (*Le Petit Chaperon rouge et autres contes*, Flammarion, coll. « Étonnants Classiques », 2014).

Place au débat !

Quels rôles sont attribués aux filles dans ce conte ? Vous reconnaissez-vous dans le personnage de la Belle ?

1. **Vertus** : voir note 3, p. 31.
2. **Vices** : défauts, actions mauvaises condamnées par la société ou la religion.
3. ***Incipit*** : premières pages d'un texte, début d'une histoire.

➤ Extrait n° 2 : les deux apparitions de la Bête

Relisez les deux passages dans lesquels la Bête est vue pour la première fois, d'abord par le père de la Belle, puis par l'héroïne (p. 35-36, l. 149-178, et p. 38-39, l. 255-264).

A. Apparition de la Bête en son jardin

1. Pourquoi le père de la Belle cueille-t-il une branche de roses ?

2. Quelle sanction entraîne cette transgression [1] de l'interdit ?

3. Quelle est la proposition de la Bête devant la demande du père ? Que pensez-vous de cette solution ?

4. Quel don surprenant fait la Bête au père de la Belle ? Pourquoi est-ce inattendu ?

B. Apparition de la Bête en son château

5. Par quels termes la Bête est-elle désignée ? Peut-on faire un portrait précis du personnage ?

6. Dans la version de Mme de Villeneuve, voici comment cette apparition est évoquée : « Le monstre se fit entendre. Un bruit effroyable, causé par le poids énorme de son corps, par le cliquetis terrible de ses écailles et par des hurlements affreux, annonça son arrivée. En voyant approcher la Bête, qu'elle ne put envisager sans frémir en elle-même, la Belle avança d'un pas ferme, et d'un air modeste salua fort respectueusement la Bête. Cette démarche plut au monstre. Se retournant vers la Belle, il lui dit : Bonsoir, la Belle [2]. » Comparez les deux versions : quelle conclusion peut-on en tirer ?

7. Les personnages du père et de sa cadette ne réagissent pas tout à fait de la même façon quand ils sont confrontés à la Bête :

....

1. **Transgression** : désobéissance, fait de ne pas respecter un interdit.
2. Mme de Villeneuve, *La Belle et la Bête*, Le Promeneur, 1996, p. 40.

– reproduisez le tableau ci-dessous et relevez les réactions des deux personnages ;

– comparez l'attitude du père et de la fille : pourquoi peut-on dire que les rôles s'inversent ?

	Le père	**La Belle**
Comment les personnages réagissent-ils ? Relevez des citations		
Commentaires sur les réactions des deux personnages		

➤ Extrait n° 3 : un monstre de laideur (n'est pas monstre celui qu'on croit)

Dans les versions populaires du conte de *La Belle et la Bête*, il s'agissait, entre autres, de convaincre les jeunes filles de quitter leur milieu familial et d'accepter un mari souvent inconnu d'elles… Mais la logique du conte ne se limite pas à justifier et à encourager les mariages arrangés : le conte merveilleux va bien au-delà. Il nous permet aussi de nous interroger sur la façon dont nous regardons ce qui nous est étranger et nous comportons avec les autres, ceux que nous ne connaissons pas et qui nous effraient.

Relisez l'*incipit*[1] (l. 1 à 75), la scène de première rencontre (l. 255 à 280), le portrait des deux sœurs et de leurs maris (l. 419 à 447), les remords de la Belle quand elle a vu en rêve la Bête mourante (l. 455 à 469) et le verdict de la fée (l. 518 à 535). Répondez ensuite aux questions suivantes en vous appuyant sur ces extraits.

1. Le thème de la beauté et de la laideur est très important dans ce conte. Relevez les caractéristiques des différents personnages.

1. **Incipit** : voir note 3, p. 83.

A. La Belle et ses sœurs :

	La Belle	**Ses sœurs**
Le corps : l'apparence physique		
L'âme : le cœur, la personnalité		
Synthèse		

B. La Bête et les maris :

	La Bête	**Le mari de l'aînée**	**Le mari de la seconde**
Le corps : l'apparence physique			
L'âme : le cœur, la personnalité			
Synthèse			

2. Reproduisez et remplissez à présent le tableau récapitulatif sur le modèle de l'exemple déjà complété :

	Beauté physique	**Beauté intérieure**	**L'esprit, l'intelligence**	**Laideur physique**	**Laideur de caractère**
Le Père			**« homme d'esprit »** (l. 3)		
La Belle					
La Bête					

	Beauté physique	Beauté intérieure	L'esprit, l'intelligence	Laideur physique	Laideur de caractère
Les deux sœurs	1.				
	2.				
Les deux maris	1.				
	2.				

3. Que constatez-vous en remplissant chacune des cases ?

4. Quelle est la qualité que la conteuse place au-dessus de tout dans son conte ? Qui sont les personnages les plus valorisés ?

5. Quel enseignement pouvaient en tirer les élèves anglaises de Mme Leprince de Beaumont, au XVIIIe siècle ?

6. Cet enseignement vous paraît-il être encore d'actualité aujourd'hui ? Justifiez votre réponse.

Pour aller plus loin

Pour approfondir le thème de la beauté et de la laideur dans les contes, retrouvez les histoires de Riquet à la houppe dans les *Contes* de Charles Perrault (Flammarion, coll. « Étonnants Classiques », 2017) et du Prince Spirituel de Mme Leprince de Beaumont (p. 111-113).

Place au débat !

Que signifient les mots « beauté » et « laideur » ? Comment ne pas être emprisonné par l'obsession de l'apparence ? Comment cultiver sa beauté intérieure ?

➤ Extrait n° 4 : la métamorphose [1], une « conversion [2] » des cœurs

Relisez le dénouement du conte (p. 48-50, l. 470 à la fin), puis répondez aux questions suivantes.

A. Les indices du merveilleux

1. Quelle est la cause de la métamorphose de la Bête ? Comment la Belle en est-elle venue à laisser parler son cœur devant la Bête à l'agonie ?

2. Relevez la phrase qui évoque la métamorphose de la Bête : la métamorphose est-elle décrite ? Comment comprendre ce choix de la conteuse ?

3. Qu'apprend-on sur le passé de la Bête ? En quoi est-ce un nouvel indice du merveilleux ?

B. Un conte pour l'édification [3] des jeunes lecteurs

4. Le conte ne comporte pas de moralité [4] explicite ; celle-ci est sous-entendue. Relisez le texte, de la ligne 515 à 535, et formulez ce qui pourrait être la leçon de cette histoire.

....

1. **Métamorphose** : transformation.
2. **Conversion** : voir note 3, p. 50.
3. **L'édification** : voir note 2, p. 16.
4. **Moralité** : enseignement que l'on peut tirer d'une histoire, conseil qui clôt une fable ou un conte.

5. Que pensez-vous de la punition infligée aux deux sœurs dans le conte de Mme Leprince de Beaumont (l. 523 et suivantes) ? Pour vous aider dans votre analyse, relisez la fin de la version d'un conte populaire (p. 56-57) et comparez les deux situations. Voici la fin du conte de *Cendrillon* des frères Grimm : « Le cortège gagnait l'église derrière les fiancés, et la sœur aînée marchait à droite de Cendrillon, la cadette à sa gauche ; alors la colombe de droite et la colombe de gauche leur piquèrent à chacune un œil. À la sortie de l'église, par contre, l'aînée marchait à gauche de Cendrillon et la cadette à droite ; alors les deux colombes leur piquèrent à chacune l'autre œil. Et c'est ainsi que, par la cécité[1] jusqu'à leur dernier jour, elles ont été punies de leur méchanceté et de leur fausseté[2]. » Quels sont les points communs avec *La Belle et la Bête* ? Qu'en concluez-vous ?

C. Un scénario de réussite

6. Au début du conte, la Belle refuse d'épouser d'honnêtes hommes qui demandent sa main et préfère « tenir compagnie à son père ». Pourquoi finit-elle par accepter d'épouser la Bête ?

7. La Belle qui, au début du conte, avait failli mourir de peur en voyant la Bête, et qui « s'ennuie à mourir en l'attendant » quand elle revient de chez son père, manque de « mourir de joie » en voyant sa famille et son père rassemblés dans la grande salle : qu'a-t-elle réussi à concilier à la fin du conte ?

1. **Cécité** : le fait d'être aveugle.
2. Grimm, *Le Petit Chaperon rouge et autres contes*, trad. Armel Guerne, Flammarion, coll. « Étonnants Classiques », 2014, p. 79.

Place au débat !

La Bête est-elle vraiment un monstre ? L'artifice du merveilleux était-il nécessaire à sa transformation ? Les monstres n'existent-ils que dans les contes ? Ne naissent-ils pas aussi de la façon dont on les regarde ?

Pour vous aider dans cette discussion, vous pourrez lire le conte de Perrault « Riquet à la houppe ». Soyez attentif à sa moralité : « Quelques-uns assurent que ce ne furent point les charmes de la Fée qui opérèrent, mais que l'amour seul fit cette métamorphose [1]. Ils disent que la Princesse ayant fait réflexion sur la persévérance de son Amant [2], sur sa discrétion, et sur toutes les bonnes qualités de son âme et de son esprit, ne vit plus la difformité de son corps, ni la laideur de son visage [...]. »

➤ Extrait n° 5 : les caractéristiques du conte

On retrouve dans le conte de Mme Leprince de Beaumont de nombreux thèmes communs à d'autres textes traditionnels (contes, mythes, légendes).

Complétez tous les pointillés : à gauche, il s'agit d'indiquer la page où se trouve l'extrait du conte ; à droite, vous devez retrouver une œuvre connue. Pour finir, reliez chaque motif du conte de Mme Leprince de Beaumont à une case de droite.

1. **Métamorphose** : voir note 1, p. 88.
2. **Amant** : voir note 2, p. 30.

La Belle et la Bête			Contes, légendes et mythes
1. L'héroïne face à l'adversité « La Belle se levait à quatre heures du matin, et se dépêchait de nettoyer la maison, d'apprêter à dîner pour la famille. » **Page**............	•	•	A. « Un an plus tard, le roi prit une autre épouse. C'était une belle femme mais fière et hautaine et elle ne pouvait pas souffrir [1] que quelqu'un la surpassât en beauté. Elle avait un miroir magique ; quand elle se mettait devant et s'y contemplait, elle disait : "Petit miroir, petit miroir chéri, Quelle est la plus belle de tout le pays ?" » Conte : .... des frères Grimm
2. Le souhait « Puisque vous avez la bonté de penser à moi, lui dit-elle, je vous prie de m'apporter une rose, car il n'en vient point ici. » **Page**............	•	•	B. Platon, un philosophe de l'Antiquité, raconte l'histoire de Gygès qui découvrit un jour les pouvoirs de son anneau : en tournant le chaton de sa bague [2] vers lui, il devenait invisible (Platon, *La République*, livre II).
3. La forêt, le lieu des possibles « [...] mais, comme il fallait passer par un grand bois avant de trouver sa maison, il se perdit. Il neigeait horriblement ; [...] il pensa qu'il mourrait de faim ou de froid, ou qu'il serait mangé par des loups, qu'il entendait hurler autour de lui. » **Page**............	•	•	C. Un seul regard de la Gorgone, appelée Méduse (personnage mythologique évoqué par plusieurs auteurs de l'Antiquité, dont Hésiode, Homère et Ovide), suffisait à vous transformer en pierre.

....

1. **Souffrir** : ici, supporter.
2. **Le chaton de sa bague** : la partie dans laquelle était insérée une pierre précieuse.

4. Le monstre caché dans la forêt profonde • •
« Tout d'un coup, en regardant au bout d'une longue allée d'arbres, il [le père de la Belle] vit une grande lumière, mais qui paraissait bien éloignée. Il marcha de ce côté-là, et vit que cette lumière sortait d'un grand palais qui était tout illuminé. »
Page...........

D. Dans le conte « Hans-mon-Hérisson » des frères Grimm, le père du héros part à la foire et demande à son fils ce qu'il désire. L'enfant répond : « Papa, je voudrais que tu me rapportes une cornemuse. »

5. Le miroir qui donne accès au savoir • •
« Quelle fut sa surprise, en jetant les yeux sur un grand miroir, d'y voir sa maison où son père arrivait avec un visage extrêmement triste. »
Page...........

E. « Le petit Poucet grimpa au haut d'un arbre pour voir s'il ne découvrirait rien ; ayant tourné la tête de tous côtés, il vit une petite lueur comme d'une chandelle mais qui était bien loin par-delà la forêt. »
Conte : « Le Petit Poucet » de.................................

6. La bague ou le don d'ubiquité[1] • •
« Vous y serez demain au matin, dit la Bête ; mais souvenez-vous de votre promesse. Vous n'aurez qu'à mettre votre bague sur une table en vous couchant, quand vous voudrez revenir. Adieu, la Belle. »
Page...........

F. « Les voilà bien affligés[2] car, plus ils marchaient, plus ils s'égaraient et s'enfonçaient dans la forêt. La nuit vint et il s'éleva un grand vent qui leur faisait des peurs épouvantables. Ils croyaient n'entendre de tous côtés que des hurlements de loups qui venaient à eux pour les manger. »
Conte :.............................. de Perrault.

1. **Ubiquité** : faculté d'être présent en plusieurs lieux à la fois.
2. **Affligés** : voir note 1, p. 31.

7. La transgression[1] de l'interdit : le châtiment[2].
« Pour vous, mesdemoiselles, dit la fée aux deux sœurs de la Belle, [...] Devenez deux statues. »
Page..........

• •

G. « Sa belle-mère la chargea des plus viles[3] occupations de la maison. C'était elle qui nettoyait la vaisselle et les montées, qui frottait la chambre de Madame et celles de mesdemoiselles, ses filles. »
Conte :............................. de Perrault.

À vos plumes !

1. Nous apprenons que le personnage de la Bête a été victime d'un sort lancé par une méchante fée qui l'a « condamné à rester sous cette figure ». Imaginez les circonstances du sortilège dont le héros a été frappé. Décrivez la métamorphose[4] du prince transformé en bête et son arrivée dans le château enchanté.

2. Les deux sœurs sont punies de leur jalousie en étant condamnées à être les témoins du bonheur de leur cadette. Adoptez leur point de vue et racontez leur déception, leur rancœur, leur aveuglement en proposant une confrontation entre ces deux statues et la Belle qui vient se confier à elles un soir d'été. La Belle accordera-t-elle son pardon ? Les deux sœurs auront-elles converti leur cœur[5] ?

....

1. **Transgression** : voir note 1, p. 84.
2. **Le châtiment** : la punition.
3. **Viles** : méprisables.
4. **La métamorphose** : voir note 1, p. 88.
5. **Converti leur cœur** : voir note 3, p. 50.

GROUPEMENT DE TEXTES N°1

Aux sources de La Belle et la Bête

Lire, c'est aussi lier les textes entre eux : remontons à la source du conte de Mme Leprince de Beaumont et comparons le conte littéraire avec le mythe antique de Psyché et d'Amour [1], qui a inspiré l'histoire de *La Belle et la Bête*.

On retrouve fréquemment dans la littérature le thème de la jeune fille livrée à un monstre. Que l'on pense par exemple à Andromède remise à une terrible créature marine et délivrée par Persée [2] ou au sort funeste réservé à l'héroïne de *L'Âne d'or* d'Apulée. On trouve dans ce roman la légende d'Amour et Psyché : Psyché était si belle qu'elle suscitait non seulement la jalousie de ses sœurs aînées mais surtout celle de Vénus, déesse de l'Amour, redoutable dans ses colères.

➤ Texte n° 1 : « Amour et Psyché », Apulée

Il était une fois, dans un certain pays, un roi et une reine qui avaient trois filles, toutes trois fort belles. Mais, si charmantes qu'étaient les deux aînées, on pouvait encore trouver, dans le langage humain, des mots pour les louer ; tandis que la cadette était d'une perfection si rare, si merveilleuse, que les mots manquaient

1. **Amour** : voir note 3, p. 46.

2. Dans la mythologie grecque, la mère d'Andromède, Cassiopée, provoque la colère de Poséidon en affirmant que sa fille est plus belle que les nymphes qui accompagnent le dieu de la mer. Pour apaiser la colère de ce dernier, Andromède est enchaînée à un rocher près du rivage et livrée à un monstre marin, mais elle est sauvée par le héros Persée.

pour en parler dignement. Les habitants du pays, les étrangers, tous enfin, accouraient en foule, attirés par un tel prodige ; et quand ils avaient vu cette beauté jamais égalée, ils restaient muets d'admiration. Ils portaient à leurs lèvres leur main droite, l'index posé sur leur pouce dressé [1] ; et se prosternant, ils l'adoraient avec un respect religieux, comme si elle avait été Vénus elle-même.

[Craignant d'être détrônée, la divinité, vengeresse, demande à son fils Amour de punir Psyché : celle-ci, parée pour des noces funèbres, est donc abandonnée au sommet d'une montagne, promise à un affreux dragon. Mais en guise de monstre, c'est Zéphyr [2] qui l'emporte et la dépose dans une vallée. Quand elle se réveille, elle découvre un palais merveilleux, digne de celui d'un dieu.]

Attirée par le charme de ces lieux, Psyché s'approche et d'un pas plus hardi [3], elle franchit le seuil. Bientôt, poussée par sa curiosité, elle promène partout des regards émerveillés. Dans les étages supérieurs, elle découvre des galeries d'une architecture parfaite où sont entassés des trésors considérables. Rien ne manque. Mais outre la surprise de trouver de telles richesses, Psyché constate qu'il n'y a ni chaîne, ni barrière, ni gardien pour défendre les lieux.

Alors qu'elle contemple tout cela avec un plaisir infini, une voix, sortie d'un corps invisible, vient frapper ses oreilles : « Pourquoi t'émerveiller de tant de richesses, maîtresse ? Tout cela est à toi. Aussi, va dans ta chambre, repose-toi de ta fatigue et, quand tu le voudras, demande un bain. Nous sommes attachés à ton service. Nous exécuterons tes ordres et, lorsque tu auras fait ta toilette, un repas royal te sera servi. »

1. **L'index posé sur leur pouce dressé** : ce geste est signe de respect.
2. **Zéphyr** : une des quatre divinités du vent dans la mythologie grecque, c'est le vent d'ouest, doux et agréable. Il sert Vénus et Amour.
3. **Hardi** : courageux.

Psyché comprit alors qu'elle était sous la protection d'une divinité. Écoutant ces conseillers invisibles, elle se livra au sommeil puis, à son réveil, prit un bain qui acheva de dissiper la fatigue. Elle aperçut ensuite près d'elle un buffet semi-circulaire. Jugeant que c'était un repas préparé pour lui faire reprendre des forces, elle se mit volontiers à table. Aussitôt, des vins pareils à du nectar [1], les plats les plus variés, les mets les plus abondants furent servis, comme poussés par un souffle. Elle ne voyait en effet personne, elle entendait seulement des paroles et c'étaient de simples voix qui la servaient. Après ce repas exquis, entra un chanteur invisible ; un autre jouait de la lyre [2], et l'on ne voyait ni l'instrument, ni l'homme. Puis un morceau d'ensemble, exécuté par un grand nombre de voix, frappa ses oreilles ; et bien qu'il n'apparût aucune créature humaine, il était évident qu'il y avait là un chœur.

Tous ces plaisirs consommés, comme le jour déclinait, Psyché rentra pour prendre du repos. La nuit était déjà bien avancée lorsqu'un léger bruit parvint à ses oreilles. Tremblant pour son honneur, au milieu d'un tel isolement, elle éprouva une crainte terrible et redouta, plus que tous les malheurs possibles, un dénouement qu'elle ne connaissait pas. L'époux inconnu se coucha près d'elle puis après avoir fait d'elle sa femme, il la quitta précipitamment avant le lever du soleil. Un instant après, les voix [3] qui avaient attendu à la porte de la chambre s'occupèrent de la jeune mariée.

Les choses se passèrent ainsi pendant longtemps.

[Mais la famille de Psyché, la croyant morte, se désole et se lamente. Psyché demanda alors à son époux l'autorisation de voir

....

1. **Nectar** : boisson délicieuse. Le mot désigne parfois le breuvage qui donne aux dieux l'immortalité.
2. **La lyre** : instrument à cordes.
3. **Les voix** : il s'agit ici des serviteurs invisibles.

ses sœurs pour les rassurer. Il y consent mais la met en garde : elle ne doit sous aucun prétexte chercher à connaître l'identité et le visage de celui qui l'a accueillie.]

Alors, appelant Zéphyr, elle lui communique les ordres de son mari. Immédiatement, il obéit et, par un souffle léger, transporte les sœurs de Psyché sans leur faire aucun mal. Les trois jeunes femmes s'embrassent, se couvrent de mille baisers ; leurs larmes, qui s'étaient arrêtées, coulent à nouveau mais de joie.

« Entrez sous mon toit, dit Psyché, et remettez-vous de votre affliction [1] en compagnie de votre chère Psyché. » Tout en parlant, elle leur montre les immenses richesses de son palais doré, leur fait entendre les nombreuses voix qui ont ordre de la servir et leur offre pour réparer leurs forces, un bain splendide et une nourriture abondante digne de la table des dieux. Si bien que, pendant qu'elles savourent cette profusion [2] de richesses divines, l'envie germe déjà au fond de leur cœur.

L'une des deux sœurs demande qui est le maître de ces biens dignes des dieux, qui est le mari de Psyché et à quoi il ressemble. Elle insiste et répète sa question. Mais Psyché se garde bien de violer la promesse conjugale [3] et ne laisse pas échapper son secret. Elle invente sur-le-champ que c'est un beau jeune homme, dont un duvet commence à ombrager les joues et qui, la plupart du temps, est occupé à chasser dans les plaines et sur les montagnes. Puis, dans la crainte de trahir, involontairement, en prolongeant la conversation, le secret qu'elle veut garder, elle les charge de bijoux en or, de colliers en pierres précieuses, rappelle Zéphyr et lui ordonne de les reconduire. Nos aimables [4] sœurs, tout en revenant chez elles, brûlent d'une jalousie grandissante et causent entre elles d'une manière fort animée.

1. **Affliction** : tristesse.

2. **Cette profusion** : ce grand nombre.

3. **Violer la promesse conjugale** : manquer à la promesse qu'elle a faite à son mari.

4. **Aimables** : voir note 2, p. 47. Il s'agit ici d'un emploi ironique.

[Lors de leur deuxième visite, les sœurs de Psyché lui tendent un piège en la questionnant sur l'identité de son mari. Psyché trouve une nouvelle parade mais se contredit en décrivant son époux comme un homme d'âge mûr ; ce qui ne fait que redoubler le projet de vengeance des deux sœurs. Lors de leur troisième visite, elles parviennent à persuader leur sœur cadette que son mari est un monstre, en lui tenant des propos terrifiants.]

« L'époux qui vient dormir la nuit près de toi est un énorme serpent, un monstre aux mille replis, au cou rempli d'un venin terrible, à la gueule béante et profonde ! Souviens-toi de l'oracle de la Pythie [1] qui a proclamé que tu devais épouser un monstre épouvantable. » [...]

Alors la pauvre Psyché, bouleversée, est saisie de terreur à ces sinistres paroles. Perdant tout contrôle d'elle-même, elle oublie les recommandations de son mari, toutes les promesses qu'elle lui a faites et se précipite dans le gouffre du malheur. Tremblante, pâle, livide, elle murmure d'une voix éteinte, des mots entrecoupés et leur dit : « Vous, mes chères sœurs, vous faites votre devoir de sœurs et ceux qui vous affirment de telles horreurs ne me semblent pas avoir tout inventé. Car je n'ai jamais vu le visage de mon époux ; j'ignore complètement d'où il vient ; ce n'est que la nuit que je l'entends parler, à voix basse. Il me cache son apparence et s'enfuit avec le jour. Voilà mes sœurs ce que je suis obligée de supporter ; et quand vous dites que c'est un monstre, je pense que vous avez raison. Il cherche à me faire peur pour m'empêcher de voir son visage et me menace des plus grands châtiments [2] si j'essaie de le faire. [...] »

1. **Oracle de la Pythie** : dans l'Antiquité, la Pythie était une prêtresse du temple de Delphes, qui rendait des oracles, c'est-à-dire qui révélait leur avenir à ceux qui l'interrogeaient. Au début du mythe d'Amour et Psyché, on apprend que la Pythie avait annoncé que cette dernière épouserait un terrible monstre.

2. **Châtiments** : voir note 2, p. 93.

[Les deux aînées lui expliquent alors comment surprendre son mari et le tuer puis elles se retirent.]

Psyché, qu'elles ont quittée, n'est cependant pas seule : les Furies [1] impitoyables l'obsèdent, des pensées désespérées bouillonnent dans son cœur comme les flots de la mer. Bien que sa décision soit prise et son intention ferme, elle hésite encore. Sa résolution vacille, mille sentiments combattent en elle : l'impatience, l'indécision, l'audace, la frayeur, la méfiance, la colère. Pour tout dire, dans le même être, elle adore l'époux et déteste l'affreux reptile. Le soir ramène la nuit et elle se hâte de tout préparer pour son affreux forfait [2].

La nuit arrive, l'époux aussi. Après de tendres ébats [3], il s'endort profondément. Alors Psyché, qui sent défaillir et son âme et son corps, est ranimée par l'implacable fatalité : elle retrouve son courage, va chercher la lampe, prend le poignard ; son audace est toute virile [4]. Déjà la lumière qu'elle vient d'approcher éclaire le lit. Quel spectacle ! Elle voit le plus doux et le plus aimable des monstres : c'est l'Amour en personne, c'est ce dieu si beau, reposant dans le plus bel abandon. À sa vue, la lumière de la lampe se fait plus joyeuse et le fer du poignard sacrilège plus étincelant.

Mais Psyché, stupéfaite d'un tel spectacle, anéantie, incapable de reprendre ses esprits, toute pâle, tremblante, se laisse tomber sur les genoux. Elle cherche à cacher l'arme mais en la plongeant dans sa propre poitrine. Et elle l'aurait fait assurément, si le fer,

1. **Les Furies** : divinités redoutables aux cheveux mêlés de serpents qui poursuivent les criminels. Amour désigne ainsi les sœurs de Psyché pour la mettre en garde contre leur méchanceté.
2. **Forfait** : faute (ici, la trahison de son époux).
3. **Ébats** : caresses.
4. **Virile** : digne d'un homme (du latin *vir*, homme).

craignant un tel crime, n'avait pas glissé de ses mains imprudentes et lui avait échappé ! Toutefois, elle ne tarde pas à retrouver ses esprits, à force de contempler la beauté de ce divin visage. Elle admire cette gracieuse, cette noble chevelure parfumée, ce cou blanc comme du lait, ces joues éblouissantes de fraîcheur, ces boucles de cheveux soyeuses qui tombent sur son front et sa nuque. Leur éclat, étincelant, fait vaciller la lumière même de la lampe[1]. [...]

Mais tandis que tout émue par cet immense bonheur, elle s'abandonne, le cœur défaillant, la lampe laisse tomber une goutte d'huile bouillante sur l'épaule droite du dieu. Il se réveille en sursaut ; et voyant que son secret a été outrageusement trahi, s'envole, sans dire un mot, loin des regards et des bras de sa malheureuse épouse[2].

[Psyché, punie, est précipitée sur la Terre où elle doit subir une série d'épreuves avant de retrouver son mari. Mais avant de la quitter, Amour, qui l'aime encore, lui parle une dernière fois.]

« Naïve Psyché, j'avais oublié les ordres de ma mère : au lieu de t'inspirer comme elle le voulait, une passion pour un homme sans fortune et sans noblesse, au lieu de t'enchaîner à un mari indigne, j'ai préféré, par amour, m'envoler jusqu'à toi. J'ai agi à la légère, je le sais bien ; et moi, l'archer célèbre, je me suis blessé moi-même et j'ai fait de toi mon épouse. Était-ce donc pour que tu voies en moi un monstre ? Pour que tu essaies de me trancher cette tête dont les yeux t'adorent ! Que de fois j'ai fait appel à ta prudence ! Que de conseils bienveillants je t'ai donnés ! Mais tes excellentes conseillères vont bientôt expier leurs mauvaises

....

1. On pourra se reporter au tableau de Lagrenée, *Psyché surprend l'Amour endormi*, p. V du cahier photos.

2. On retrouvera, bien plus tard, le même motif dans le conte « Courbasset, petit corbeau » (voir p. 58) : la révélation du secret de l'époux (sa double nature) provoque sa fuite, suivie de la quête de son épouse.

leçons ! Quant à toi, ma fuite seule te punira… » Ayant achevé son discours, il s'envole dans les airs et disparaît.

Apulée, *Amour et Psyché*, trad. Claudine Sharp, Flammarion, coll. « Étonnants Classiques », 1998.

Avez-vous bien lu ?

1. Relevez et commentez la formule d'introduction commune à l'histoire de Psyché et à celle de la Belle et la Bête.

2. Donnez la composition de la famille de Psyché. Que constatez-vous ? En quoi diffère-t-elle de celle de la Belle ?

3. Quelle est la « faute » initiale de Psyché ? Quelle punition lui impose Vénus ?

4. Relisez le début du texte (l. 1-83). Relevez tous les points communs entre l'histoire de la Belle et celle de Psyché.

5. Le passage l. 99-132 montre que les sœurs jalouses ont semé le doute dans l'esprit de l'héroïne : que va faire Psyché ? En quoi cette transgression[1] éloigne-t-elle Psyché du personnage de la Belle ?

6. Quelle pourrait être la moralité[2] de cette histoire ?

7. Après que Psyché a transgressé l'interdit, elle est chassée par Amour et doit surmonter une série d'épreuves. Puis, grâce à l'aide de quelques divinités compatissantes, elle réussira à se faire pardonner par son époux et leurs noces seront fêtées dignement dans le royaume des dieux.

Commentez cette fin et faites les rapprochements nécessaires avec le destin de la Belle. N'oubliez pas d'employer des connecteurs logiques (car, donc…) pour structurer votre réponse.

8. Peut-on dire que l'histoire de Psyché est un conte de fées ? Vous répondrez en vous appuyant sur les critères du conte merveilleux.

1. **Transgression** : voir note 1, p. 84.
2. **Moralité** : voir note 4, p. 88.

GROUPEMENT DE TEXTES N°2

Monstres et métamorphoses antiques

La métamorphose[1] est l'un des passages obligés du conte merveilleux. Grâce à elle, tout devient possible. Les miroirs parlent, des femmes au cœur de pierre se transforment en statues, des princes deviennent des bêtes. En pénétrant au côté de la Belle dans la demeure de la Bête, on découvre un monde où les règnes humain, animal, végétal et minéral n'ont plus de frontières. C'est là que réside toute la charge onirique[2] des contes merveilleux. Mais si une rose coupée suffit à réveiller les dragons qui sommeillent, il n'est pas certain que la métamorphose et son cortège de chimères soient si inoffensifs : par le conte, nous donnons une image à nos monstres secrets qu'une vie entière ne suffit pas toujours à apprivoiser.

Découvrez dans les textes suivants les visages cachés des dieux et des hommes en suivant les pas d'un poète latin nommé Ovide (43 av. J.-C.-17 apr. J.-C.). Car le conte merveilleux est aussi l'héritier de toute une tradition littéraire inaugurée par ce dernier dans son livre *Les Métamorphoses* – c'est d'ailleurs par cet ouvrage que le mot « métamorphose » est entré dans notre langue. Le poète y raconte comment dieux, nymphes[3] et fleuves deviennent cerfs, pluie d'or ou laurier. Cette transformation, au gré des légendes et des fables qui nous sont racontées, est une sorte de prodige en même temps que l'exercice, par des divinités ombrageuses, d'un pouvoir sans limite.

....

1. **Métamorphoses** : voir note 1, p. 88
2. **Onirique** : qui a rapport au rêve, qui est inspiré par le rêve.
3. **Nymphes** : déesses de rang inférieur qui habitent les bois, les montagnes, les fleuves, la mer et les rivières.

➤ Texte n° 2 : Callisto

La nymphe Callisto, qui a été séduite par Jupiter et porte son enfant, est changée en ourse par Junon, l'épouse de Jupiter.

Depuis longtemps, l'épouse du maître du tonnerre connaissait cette aventure. Elle avait reporté la lourde punition jusqu'au moment propice. Elle n'avait aucune raison de la retarder davantage. […] elle se dressa devant elle et, la saisissant par les cheveux au-dessus du front, elle l'étendit face contre terre.

Callisto tend les bras en suppliant, ses bras commencent à se couvrir de poils noirs ; ses mains se courbent, s'allongent de griffes crochues et lui servent pour marcher. Sa bouche, autrefois admirée par Jupiter, devient une gueule large et hideuse. Et pour que ni ses prières [1], ni ses supplications n'inspirent la pitié, la parole lui est enlevée. Il ne sort de son gosier qu'une voix irritée et menaçante, qui sème la terreur. Cependant, son esprit d'autrefois subsiste encore dans l'ourse qu'elle est devenue.

Ovide, *Les Métamorphoses*, trad. Caroline Charlet, Flammarion, coll. « Étonnants Classiques », 2020, p. 38-39.

➤ Texte n° 3 : le châtiment d'Aglaure

Aglaure, jalouse de sa sœur Hersé, qui est aimée de Mercure, est punie de ce sentiment par le messager des dieux, qui la transforme en statue.

Elle fait effort pour se mettre sur pieds, redresser son torse ; mais la jointure de ses genoux s'ankylose [2] et le froid la pénètre.

1. **Prières** : ici, demandes.
2. **S'ankylose** : s'engourdit, a de la difficulté à bouger.

Elle retombe et ses veines, où le sang ne coule plus, se décolorent. Et de même que le cancer, mal incurable [1], se propage et gagne les parties encore saines après celles qu'il a infectées, ainsi un froid mortel envahit peu à peu sa poitrine, coupant les routes où circule la vie et les voies respiratoires. Elle ne tenta pas de parler ; l'eût-elle tenté, la voix ne passait plus. Son cou était déjà pétrifié [2], son visage durci : ce n'était plus qu'une statue exsangue, assise. Et la pierre n'était même pas blanche : son âme l'avait salie [3].

Ovide, *Les Métamorphoses*, trad. Joseph Chamonard, Flammarion, coll. « GF », 1966, livre II, p. 87.

➤ Texte n° 4 : la nymphe Io

Jupiter a métamorphosé Io en génisse [4] pour la protéger de la colère de Junon, son épouse. Mais Junon finit par pardonner l'infidélité de son mari et décide de rendre sa forme humaine à la nymphe.

Le dieu, jetant ses bras autour du cou de son épouse, la supplie de mettre enfin un terme au châtiment et : « À l'avenir, bannis toute crainte, dit-il, jamais elle ne sera pour toi une cause de douleur. » Une fois la déesse apaisée, Io reprend son apparence première, redevient ce qu'elle était. Les poils tombent de son corps, ses cornes diminuent peu à peu, ses yeux arrondis s'allongent, l'ouverture de sa bouche se réduit, elle recouvre [5] ses épaules et ses mains, son sabot tombe et fait place à cinq ongles. De la génisse, il ne reste rien en elle, sinon l'éclat de sa beauté. La

1. **Incurable** : qu'on ne peut pas soigner.
2. **Pétrifié** : transformé en pierre.
3. **Salie** : ici, noircie.
4. **Génisse** : jeune vache.
5. **Recouvre** : voir note 2, p. 58.

nymphe, qui n'a plus besoin que du secours [1] de deux pieds, se redresse ; elle hésitait à parler, dans la crainte de mugir comme une génisse et c'est timidement qu'elle s'essaie de nouveau à proférer des mots dont elle a perdu l'habitude.

Ovide, *Les Métamorphoses*, trad. Joseph Chamonard, Flammarion, coll. « GF », 1966, livre II, p. 62.

➤ Texte n° 5 : Circé

Comme Virgile [2] et Homère avant lui, Ovide raconte la transformation des compagnons d'Ulysse en cochons par Circé. Un ancien compagnon d'Ulysse narre la scène. Faisant escale sur l'île de la magicienne, les marins découvrent le palais de la magicienne Circé.

Dès qu'elle nous vit, une fois les saluts échangés entre nous, son visage s'épanouit, et elle répondit à nos souhaits par les siens. Sans plus attendre, elle donne l'ordre de faire un mélange d'orge [3] en grains grillés, de miel, de vin fort, avec du lait caillé, et y ajoute des sucs [4] qui puissent se dissimuler furtivement [5] sous la douceur du breuvage. Nous prenons de sa main divine la coupe qu'elle nous tend. Dès que, dévorés par la soif, nous les eûmes vidées d'une bouche altérée [6] et que la cruelle déesse eut touché l'extrémité de nos cheveux avec sa baguette, j'en suis honteux, mais je l'avouerai, je sens mon corps se hérisser de soies [7]. Je ne puis plus

1. **Secours** : voir note 2, p. 33.
2. **Virgile** (v. 70-19 av. J.-C.) : poète latin, auteur de *L'Énéide*, épopée en vers qui raconte les aventures d'Énée, le fondateur mythique de Rome.
3. **Orge** : céréale.
4. **Sucs** : jus contenus dans certains fruits ou certaines plantes.
5. **Furtivement** : discrètement.
6. **Altérée** : assoiffée.
7. **Se hérisser de soies** : se couvrir de pelage.

parler ; en guise de mots, je profère de rauques grognements ; je tombe en avant, tout le visage tourné vers la terre ; je sentis alors ma bouche se durcir en groin bombé, mon cou se gonfler de muscles épais et les mains qui m'avaient servi à prendre la coupe imprimaient des pas sur le sol. Avec mes compagnons victimes d'une semblable métamorphose – si grande est la vertu [1] des philtres [2] –, je suis enfermé dans une étable. Nous vîmes Euryloque [3] seul ne pas prendre l'apparence d'un pourceau [4] : il avait refusé la coupe offerte.

Ovide, *Les Métamorphoses*, trad. Joseph Chamonard, Flammarion, coll. « GF », 1966, livre II, p. 353.

Le vocabulaire de la métamorphose : complétez le tableau

	Quels verbes indiquent la métamorphose ?	Quels verbes expriment l'état final de la métamorphose ?	Traits précis de la métamorphose	Adjectifs et adverbes utilisés
Callisto				
Aglaure				
Io				
Compagnons d'Ulysse				

1. **La vertu** : ici, le pouvoir.
2. **Philtres** : potions magiques.
3. **Euryloque** : compagnon d'Ulysse.
4. **Pourceau** : voir note 1, p. 68.

À vos plumes !

En vous inspirant des extraits d'Ovide (p. 105-106), inventez à votre tour une métamorphose, en respectant les consignes suivantes.

1. Choisissez un cadre antique (réel – Grèce, Italie –, ou fictif – les Enfers) et le lieu de l'action (plage, forêt, source...).

2. Choisissez votre personnage principal, et le dieu ou la déesse qui va intervenir dans son destin. Vous définirez l'apparence de cette divinité : se montre-t-elle sous une forme humaine (vieillard, femme, enfant) ou divine (nymphe, cyclope, Pan...) ?

3. Vous veillerez à indiquer la cause de la métamorphose (punition justifiée ou injuste, transformation bénéfique ou dégradante...). Le héros a-t-il voulu rivaliser avec un dieu ? A-t-il fait preuve d'avarice[1] ? d'égoïsme ? de jalousie ? de prétention ?

4. Choisissez la métamorphose : sera-t-elle animale ? végétale ? monstrueuse ?

5. Enrichissez votre texte avec un vocabulaire soutenu et des expansions du nom (adjectifs, compléments de nom et propositions subordonnées relatives – c'est-à-dire des propositions introduites par « qui », « que », « dont », « où », qui donnent des informations sur un groupe nominal).

6. Employez au moins une comparaison et une métaphore[2], que vous soulignerez en vert.

7. Utilisez le vocabulaire de la métamorphose, que vous avez identifié dans le tableau (verbes, adjectifs, adverbes).

1. **Avarice** : attachement excessif à l'argent, manque de générosité.
2. **Métaphore** : image qui consiste à désigner une chose par une autre, grâce à un point commun ; par exemple « cette rose » pour parler d'une belle jeune fille (beauté de la fleur et de la personne).

GROUPEMENT DE TEXTES N°3

La métamorphose dans deux autres contes

Dans son manuel d'éducation, l'autrice s'est elle aussi métamorphosée[1] : elle aime la lecture et le dialogue sous les traits de Mlle Bonne, la gouvernante. Elle peut ainsi narrer les histoires qu'elle a soigneusement choisies dans des recueils de contes et qu'elle a rendues distrayantes et instructives.

➤ Texte n° 6 : Le Prince Chéri

Avant de mourir, le père du prince Chéri a fait promettre à Candide, une fée, de veiller sur son fils et de le remettre sur le droit chemin s'il venait à fauter. Candide remet alors à son protégé une bague magique : dès qu'il commettra une faute, la bague le piquera. S'il venait à ignorer l'avertissement donné, alors Candide ne serait plus son amie. Très vite, le prince Chéri néglige les piqûres de la bague et la jette. Devenu roi, il multiplie les mauvaises actions et se fait haïr de ses sujets. Seuls des flatteurs continuent à le fréquenter. Cependant, un jour, il tombe amoureux d'une bergère nommée Zélie. La jeune fille refuse ses avances : elle ne peut aimer un être que ses mauvaises actions rendent haïssable. Fou de rage, le prince Chéri fait enfermer Zélie dans son palais. Mais alors qu'il veut aller l'interroger, il constate que quelqu'un l'a libérée. Les flatteurs accusent Suliman, le gouverneur, de cette trahison ; Chéri le fait arrêter immédiatement. Mais lorsqu'il rentre dans sa chambre, Candide apparaît.

....

1. **Métamorphosée** : voir note 1, p. 88.

« J'avais promis à votre père, lui dit-elle, d'un ton sévère, de vous donner des conseils, et de vous punir, si vous refusiez de les suivre ; vous les avez méprisés, ces conseils : vous n'avez conservé que la figure d'homme, et vos crimes vous ont changé en un monstre, l'horreur du ciel et de la terre. Il est temps que j'achève de satisfaire ma promesse, en vous punissant. Je vous condamne à devenir semblable aux bêtes, dont vous avez pris les inclinations [1]. Vous vous êtes rendu semblable au lion, par la colère ; au loup, par la gourmandise ; au serpent, en déchirant celui qui avait été votre second père ; au taureau, par votre brutalité. Portez dans votre nouvelle figure, le caractère de tous ces animaux. »

À peine la fée avait-elle achevé ces paroles, que Chéri se vit avec horreur tel qu'elle l'avait souhaité. Il avait la tête d'un lion, les cornes d'un taureau, les pieds d'un loup, et la queue d'une vipère. En même temps, il se trouva dans une grande forêt, sur le bord d'une fontaine, où il vit son horrible figure, et il entendit une voix qui lui dit : « Regarde attentivement l'état où tu t'es réduit par tes crimes. Ton âme est devenue mille fois plus affreuse que ton corps. »

Chéri reconnut la voix de Candide et, dans sa fureur, il se retourna pour s'élancer sur elle et la dévorer, s'il eût été possible ; mais il ne vit personne, et la même voix lui dit : « Je me moque de ta faiblesse et de ta rage. Je vais confondre [2] ton orgueil, en te mettant sous la puissance de tes propres sujets. »

Chéri crut qu'en s'éloignant de cette fontaine, il trouverait du remède à ses maux, puisqu'il n'aurait point devant ses yeux sa laideur et sa difformité ; il s'avançait donc dans le bois ; mais à peine y eut-il fait quelques pas, qu'il tomba dans un trou, qu'on avait fait pour prendre les ours : en même temps, des chasseurs

1. **Inclinations** : travers, traits caractéristiques.
2. **Confondre** : vaincre.

qui étaient cachés sur des arbres, descendirent, et, l'ayant enchaîné, le conduisirent dans la ville capitale de son royaume.

[Dans la ville, le peuple se réjouit de la mort du tyran Chéri et a mis Suliman sur le trône. Mais ce dernier s'adresse au peuple et dit qu'il croit en la vertu de Chéri et attendra qu'il revienne sur le droit chemin. Ébranlé par ce discours sans haine de Suliman, le prince Chéri prend conscience de ses fautes et décide de s'amender[1]*. Il sauve des griffes d'un tigre le gardien de la cage où il a été enfermé et de monstre il devient chien. Il offre le pain qu'on lui a donné à une jeune fille affamée ; ses bonnes actions sont bientôt récompensées, il est transformé en un pigeon blanc et vole alors jusqu'à la caverne d'un ermite où il retrouve Zélie.]*

Zélie, charmée de la douceur de ce petit animal, le flattait doucement avec la main : et quoiqu'elle crût qu'il ne pouvait l'entendre, elle lui dit qu'elle acceptait le don qu'il lui faisait de lui-même et qu'elle l'aimerait toujours.

« Qu'avez-vous fait, Zélie ? lui dit l'ermite, vous venez d'engager votre foi[2].

– Oui, charmante bergère, lui dit Chéri, qui reprit à ce moment sa forme naturelle, la fin de ma métamorphose était attachée au consentement que vous donneriez à notre union. Vous m'avez promis de m'aimer toujours, confirmez mon bonheur ou je vais conjurer la fée Candide, ma protectrice, de me rendre la figure sous laquelle j'ai eu le bonheur de vous plaire.

– Vous n'avez point à craindre son inconstance[3], lui dit Candide, qui, quittant la forme de l'ermite, sous laquelle elle s'était cachée, parut à leurs yeux telle qu'elle était en effet. Zélie vous aima aussitôt qu'elle vous vit, mais vos vices la contraignirent à

1. **S'amender** : se corriger.
2. **Engager votre foi** : donner votre parole.
3. **Inconstance** : fait de changer d'avis.

vous cacher le penchant que vous lui aviez inspiré. Le changement de votre cœur lui donne la liberté de se livrer à toute sa tendresse. Vous allez vivre heureux puisque votre union sera fondée sur la vertu. »

[Chéri remonte sur le trône et remet la bague, qui ne le piquera plus jamais.]

Leprince de Beaumont, *Le Magasin des enfants*, Hachette Livre – BNF, 2012, IIIe dialogue.

➤ Texte n° 7 : Le Prince Spirituel

Repoussée par un roi, une fée du doux nom de Furie[1] décide de se venger : elle inflige à l'enfant royal la disgrâce d'être laid. Afin d'adoucir ce sortilège, une autre fée, nommée Diamantine, pare le petit enfant des beautés de l'esprit. Son nom sera Spirituel. L'enfant grandit et sa laideur est si grande qu'on l'appelle la Bête. Pour savourer sa vengeance, la fée Furie décide de rendre le prince amoureux d'Astre, une jeune fille à la beauté lumineuse que la laideur du garçon effraie. Mais le prince Spirituel, témoin d'une conversation entre Astre et Charmant, le fils de la fée Furie, est affligé[2] d'y voir si peu d'esprit. Il décide de quitter le palais, mais Diamantine, fée et gouvernante d'Astre, le retient. Peut-être pourra-t-il se faire aimer…

« Je vous suis bien obligé[3], madame, lui répondit Spirituel ; mais je ne suis pas pressé de me marier. J'avoue qu'Astre est charmante, mais c'est quand elle ne parle pas ; la fée Furie m'a guéri, en me faisant entendre une de ses conversations : j'emporterai son portrait, qui est admirable, parce qu'il garde toujours le silence.

1. **Furie** : voir note 1, p. 99.
2. **Affligé** : voir note 1, p. 31.
3. **Je vous suis bien obligé** : voir note 1, p. 39.

– Vous avez beau faire le dédaigneux, lui dit Diamantine : votre bonheur dépend d'épouser la princesse.

[Il insiste mais Diamantine lui apprend qu'il a le pouvoir de donner de l'esprit à celle qu'il aime ; il le fait, convaincu qu'elle ne l'aimera jamais de toute façon. La fée lui donne rendez-vous dans les jardins à minuit, quand Furie dort.]

Le prince s'étant retiré, Diamantine fut dans la chambre d'Astre ; elle la trouva assise, la tête appuyée dans ses mains, comme une personne qui rêve profondément. Diamantine l'ayant appelée, Astre lui dit :

« Ah ! madame, si vous pouviez voir ce qui vient de se passer en moi, vous seriez bien surprise. Depuis un moment je suis comme dans un nouveau monde : je réfléchis, je pense ; mes pensées s'arrangent dans une forme qui me donne un plaisir infini, et je suis bien honteuse en me rappelant ma répugnance pour les livres et pour les sciences.

[La fée lui dit qu'elle pourra étudier une fois mariée à Charmant. Mais Astre proteste : elle ne veut plus se marier avec un idiot. Charmant vient la voir mais elle le chasse.]

– Et je serais la femme de ce stupide ? dit Astre, lorsqu'il fut sorti. Je vous assure, ma bonne, que j'aimerais mieux mourir que de l'épouser. Quelle différence de lui à ce prince que j'ai vu tantôt ! Il est vrai qu'il est bien laid ; mais quand je me rappelle son discours, il me semble qu'il n'est plus si horrible : pourquoi n'a-t-il pas le visage comme Charmant ? Mais, après tout, que sert la beauté du visage ? Une maladie peut l'ôter ; la vieillesse la fait perdre à coup sûr, et que reste-t-il alors à ceux qui n'ont pas d'esprit ? En vérité, ma bonne, s'il fallait choisir, j'aimerais mieux ce prince, malgré sa laideur, que ce stupide qu'on veut me faire épouser.

– Je suis bien aise de vous voir penser d'une manière si raisonnable, dit Diamantine ; mais j'ai un conseil à vous donner.

Cachez soigneusement à Furie tout votre esprit ; tout est perdu si vous lui laissez connaître le changement qui s'est fait en vous. »

Astre obéit à sa gouvernante, et sitôt que minuit fut sonné, la bonne fée proposa à la princesse de descendre dans les jardins : elles s'assirent sur un banc, et Spirituel ne tarda pas à les joindre. Quelle fut sa joie ! lorsqu'il entendit parler Astre, et qu'il fut convaincu qu'il lui avait donné autant d'esprit qu'il en avait lui-même. Astre de son côté était enchantée de la conversation du prince ; mais lorsque Diamantine lui eut appris l'obligation qu'elle avait à Spirituel, sa reconnaissance lui fit oublier sa laideur, quoiqu'elle le vît parfaitement ; car il faisait clair de lune.

« Que je vous ai d'obligation, lui dit-elle, et comment pourrai-je m'acquitter envers vous ?

– Vous le pouvez facilement, répondit la fée, en devenant l'épouse de Spirituel, il ne tient qu'à vous de lui donner autant de beauté, qu'il vous a donné d'esprit.

– J'en serais bien fâchée, répondit Astre ; Spirituel me plaît tel qu'il est ; je ne m'embarrasse guère qu'il soit beau, il est aimable, cela me suffit.

– Vous venez de finir tous ses malheurs, dit Diamantine ; si vous eussiez succombé à la tentation de le rendre beau, vous restiez sous le pouvoir de Furie ; mais à présent, vous n'avez rien à craindre de sa rage. Je vais vous transporter dans le royaume de Spirituel : son frère est mort, et la haine, que Furie avait inspirée contre lui au peuple, ne subsiste plus. »

Effectivement, on vit revenir Spirituel avec joie, et il n'eut pas demeuré trois mois dans son royaume, qu'on s'accoutuma à son visage ; mais on ne cessa jamais d'admirer son esprit.

Leprince de Beaumont, *Le Magasin des enfants,* Hachette Livre – BNF, 2012, XXIVe dialogue.

HISTOIRE DES ARTS

À chacun son monstre

Quels monstres se cachent derrière ces énigmes ?

1. J'ai des serpents dans les cheveux, mon regard est froid comme la pierre, mes écailles sont d'or.

Qui suis-je ?..

2. Je suis une créature légendaire : j'ai la tête, le bec et les ailes d'un aigle. Mon corps est celui d'un lion. J'orne souvent les blasons.

Qui suis-je ?..

3. Je suis un monstre à neuf têtes. J'ai été vaincu par Héraclès.

Qui suis-je ?..

4. On nous trouve parfois à la proue des navires. En des temps très anciens, un marin avisé protégé d'Athéna se lia à son mât pour ne point nous entendre.

Qui suis-je ?..

5. Psyché me donna du miel et du pain pour pénétrer dans les Enfers. Je suis le garde des lieux infernaux.

Qui suis-je ?..

6. J'ai posé à Œdipe l'énigme suivante : quel animal se tient à quatre pattes le matin, sur deux pattes le midi et sur trois le soir ?

Qui suis-je ?..

7. Il s'agit des deux sœurs dont l'une engendre l'autre, qui à son tour engendre la première.

Qui sont-elles ?..

Les mots mêlés

Retrouvez dans ce damier les noms des monstres évoqués dans ce recueil et d'autres qu'il vous reste encore à découvrir. Attention aux lettres pièges qui se sont glissées dans le jeu !

H	C	E	N	T	A	U	R	E
A	M	V	O	U	I	V	R	E
R	I	L	S	O	G	R	E	M
P	N	E	I	C	C	O	A	E
I	O	V	R	E	Y	H	R	D
E	T	I	E	R	C	Y	G	U
S	A	A	N	B	L	D	O	S
B	U	T	E	E	O	R	S	E
E	R	H	S	R	P	E	N	E
T	E	A	I	E	E	Z	U	T
E	U	N	D	R	A	G	O	N

Le conte en images

Découvrez deux dessinateurs de talent qui ont illustré le texte de Mme Leprince de Beaumont : Olivier Tallec (*La Belle et la Bête*, Flammarion, 2005) et David Sala (*La Belle et la Bête*, Casterman, 2014). Chacun de ces artistes a son propre univers : mystérieux ou onirique[1].

Observez les images, reproduites p. VIII du cahier photos, et choisissez-en une. Partez de cette illustration et récrivez la scène décrite. Soyez attentif aux détails que chaque artiste a choisi de mettre en valeur.

1. **Onirique** : voir note 2, p. 102.

UN LIVRE, UN FILM

L'adaptation de Jean Cocteau

C'est en 1946 que Jean Cocteau, poète et cinéaste à ses heures, adapte au cinéma *La Belle et la Bête*. La lettre qui défile avant le début de l'histoire et ouvre le film permet de comprendre son projet poétique. L'auteur demande à la comédienne chargée d'incarner la Belle de parvenir à croire et à faire croire aux aventures merveilleuses du conte dont elle est l'héroïne. C'est là tout l'enjeu de l'œuvre : reproduire l'enchantement de l'univers du conte, à une époque désabusée. Et cela, à l'aide d'un outil, le cinéma, alors en noir et blanc, ce qui rend difficile l'évocation d'une atmosphère féerique et colorée.

Cocteau, en ancrant son univers fabuleux dans un décor parfois banal, parfois inquiétant, réussit le tour de force d'installer la magie au cœur même de l'ordinaire. Il s'appuie sur l'interprétation de ses comédiens qui, tous, adoptent cette « naïveté sérieuse » exigée dans la lettre et parviennent à rendre crédibles les situations les plus insolites [1]. On notera ainsi la relative simplicité des dialogues, parfois repris littéralement du texte du conte, parfois réinventés, toujours dans le sens du naturel et de la spontanéité. Mais Cocteau utilise surtout, avec une poésie singulière, la technique cinématographique et les diverses « machineries » qui sont à sa disposition, des décennies avant l'invention des effets spéciaux tels que nous les connaissons. Pour cela comme pour le reste, Cocteau part d'abord du réel, afin d'installer la magie dans le monde que nous arpentons, loin des prouesses numériques actuelles. Ce sont de vrais comédiens qui se tiennent derrière les bras enchantés portant les chandeliers, dans la

1. **Insolites** : inhabituelles.

scène du dîner féerique. Et la métamorphose[1] ultime de la Bête en prince charmant, si spectaculaire, est obtenue par le plus simple des trucages : la projection inversée, qui montre à l'envers les scènes filmées, et le ralenti. Comme on peut le voir, cette simplicité fonctionne parfaitement, donnant à l'œuvre le juste dosage de magie et de vraisemblance – atemporelle et merveilleuse, comme tout bon conte de fées.

Analyse des décors et des accessoires

On reconnaît dans le film de Cocteau un trait commun aux meilleurs contes, dans lesquels les objets les plus insignifiants se trouvent magnifiés – de la citrouille de Cendrillon à la rose coupée de ce conte-ci. Dans un film, c'est d'abord par le décor et les accessoires (costumes et objets) que le cinéaste peut créer une certaine atmosphère.

1. Divisez tout d'abord les décors du film en deux catégories : décors ordinaires (par exemple, la cuisine) et décors merveilleux. Vous préciserez ce qui vous a amené à faire ces choix, en les décrivant le plus précisément possible, et en montrant comme Jean Cocteau utilise la lumière.

2. Quel lieu permet, dans le film, de basculer du monde quotidien au merveilleux ? Vous pourrez constater que cet espace, à peine décrit dans le livre, est beaucoup plus présent dans le film. Donnez ses principales caractéristiques et expliquez pourquoi il paraît plus inquiétant.

3. Départagez de même les objets du film : d'un côté, les accessoires familiers, quotidiens (balai, vêtements), de l'autre, les accessoires magiques ou qui peuvent le devenir (par exemple, le coffret enchanté).

4. Étudiez plus spécifiquement la première apparition de la Belle : à quelle activité est-elle occupée ? Cette occupation si humble vous semble-t-elle convenir à une héroïne de conte de fées ? Malgré cela, en quoi le film rend-il cette tâche et ce personnage merveilleux parfaitement adaptés à l'univers du conte de fées ? Pensez à analyser les dialogues, mais aussi l'image.

1. **Métamorphose** : voir note 1, p. 88.

Jeu d'acteur et interprétation

Le travail d'un cinéaste consiste aussi à donner aux comédiens des indications sur la manière dont ils doivent jouer un personnage – c'est ce qu'on appelle l'interprétation. La manière de jouer des comédiens vous semble-t-elle crédible, naturelle ? Essayez d'analyser ce qui différencie l'interprétation des rôles principaux (la Belle, la Bête) et celle des rôles secondaires (les sœurs, notamment).

Travail d'adaptation et construction du film

Comme souvent, le cinéaste et le scénariste se sont autorisé quelques libertés dans l'adaptation du texte : on observe par exemple que si le conte nous explique pourquoi la Belle demande une rose à son père, le film ne nous donne, lui, aucune raison pour justifier cette requête. Ce processus d'adaptation est parfois rendu nécessaire par le passage d'un support à un autre (du texte au film). Ainsi les scénarios peuvent-ils de temps à autre changer des éléments du texte, ajouter ou enlever des personnages, transformer ou supprimer des épisodes.

1. Vous essaierez de trouver des différences entre le conte et le film, et de réfléchir à l'effet produit. Ainsi, là où dans le conte on avait trois sœurs et trois frères, on ne trouve plus qu'un seul frère (et un nouveau prétendant pour la Belle). Essayez à votre tour de trouver une transformation intéressante dans le film, par rapport au texte original, lors du départ de la Belle pour le château, et d'expliquer son intérêt.

2. Le cinéaste et son scénariste ont choisi de ne pas faire commencer leur récit exactement au même moment que le conte. Ils ont supprimé une partie de l'histoire. Pouvez-vous retrouver ce qui a été supprimé dans le scénario, et analyser les raisons de cette omission ? Quelle est la situation des personnages au tout début du livre ? et au début du film ? La morale de l'histoire vous semble-t-elle renforcée ou non ? Pensez en particulier aux personnages des sœurs.

Monstres sur le Web !

En vue d'un exposé en classe ou d'un exercice d'écriture, vous pourrez être amené à explorer la thématique des monstres en effectuant des recherches, au CDI ou sur Internet. Mais attention, ces recherches peuvent parfois être longues et fastidieuses tant les sites abondent sur le Web et les ouvrages fourmillent d'informations – voici donc quelques conseils pour orienter vos recherches sur Internet.

➤ Conseils pour la recherche documentaire

En faisant des recherches sur Internet, on trouve un grand nombre d'informations, mais elles ne sont pas toutes fiables. Beaucoup de sites disparaissent de la Toile ; il est parfois difficile de s'y retrouver. Vous devrez donc être vigilant ! Voici quelques conseils pratiques :

1. Vérifiez l'auteur et la nature du site. Un site personnel peut être attirant mais parfois fautif : privilégiez les sites institutionnels, les organismes officiels comme ceux d'un musée.

2. Vérifiez que l'information renvoie bien à des sources précises. Un site coopératif comme Wikipédia met quelquefois en garde contre des fiches insuffisamment référencées (absence de renvois fiables, informations sans auteurs de référence, par exemple). Soyez sensible à ces manques ; et recoupez vos informations.

➤ Sitographie

1. Mythologica (**mythologica.fr**) vous présentera le monde antique à travers son histoire et sa mythologie.

2. La Bibliothèque nationale de France (BNF) propose une exposition en ligne sur le thème du bestiaire (« Bestiaire du Moyen Âge », BNF, **expositions.bnf.fr/bestiaire**).

3. Le site TexteImage.com permet de travailler sur les textes fondateurs en les associant à des banques iconographiques très riches.

➤ Créer un bestiaire de monstres fabuleux

Choisissez une des créatures imaginaires de la liste, puis effectuez des recherches pour répondre aux questions, en veillant à indiquer vos sources.

Pégase / Le Drac / Le phénix / La salamandre / Le monstre du Loch Ness / Le griffon / La Vouivre / Les centaures / Le Minotaure / Les sirènes / Les licornes / Cerbère / L'Hydre de Lerne / Le Basilic / La Bête faramine / Le Sphinx / Les dragons

Recherches préparatoires en vue d'un exposé

1. Dans quelle légende/quel mythe apparaît cette créature ? Est-elle liée à un lieu en particulier ? Pouvez-vous citer des œuvres littéraires dans lesquelles elle figure ?

2. Quelle est sa symbolique ? A-t-elle une image positive ou négative ?

3. Recherchez en ligne une illustration qui permette d'identifier facilement cette créature et présentez-la à la classe.

Atelier d'écriture

Parmi ces animaux fabuleux, plusieurs sont des chimères, c'est-à-dire des créatures formées d'éléments appartenant à des êtres divers – par exemple les centaures ont une tête d'homme et un corps de cheval. Après avoir écouté les présentations des autres élèves, inspirez-vous des animaux mythiques que vous aurez découverts pour créer votre propre chimère !

– Commencez par nommer la créature de votre invention avec les parties animales qui la composent : vous pouvez vous inspirer du poète Jacques Roubaud[1] et de son sardinosaure (bête mi-sardine, mi-dinosaure) ou de son gazellephant !

1. **Jacques Roubaud** (né en 1932) : poète, romancier et mathématicien français.

– Choisissez les lieux de son royaume, ses particularités, décrivez les parties hybrides de son corps, cherchez des pouvoirs qu'aurait votre bête (cracher, dévorer, pétrifier…).

Présenter les dieux, nymphes [1] et déesses croisés dans ce livre

1. Sur le site du musée du Louvre, **www.louvre.fr**, cliquez sur « Découvrir », puis sur « Les collections et départements » et enfin sur « Voir les collections du Louvre ». Utilisez l'outil « Rechercher dans les collections » pour faire des recherches sur une des divinités qui apparaissent dans les contes et mythes de ce recueil : Apollon, Jupiter, Vénus, Cupidon [2], Daphné ou Scylla.

2. Consultez les œuvres qui représentent cette divinité.

3. Cherchez d'autres informations sur ce dieu ou cette déesse au CDI ou sur les sites **Utpictura18** et **Mythologica**.

4. Présentez à la classe votre synthèse. Vous pourrez accompagner votre exposé d'illustrations trouvées sur le site **Utpictura18**, ou de reproductions d'œuvres trouvées sur le site du Louvre.

L'histoire de Psyché et d'Amour

L'histoire de Psyché et d'Amour [3] a inspiré de nombreux artistes. Racontez-la à vos camarades en illustrant votre propos par des tableaux.

1. Rendez-vous sur le site utpictura18.univ-montp3.fr et dans la rubrique « Chercher » cliquez sur « Des images ».

2. Dans l'onglet à gauche, choisissez « Sujet de l'image », puis « Mythologique » et descendez jusqu'à « Sujet mythologique Psyché ». Vous trouverez une trentaine d'œuvres accompagnées de leurs notices.

3. Choisissez cinq œuvres, et classez-les en suivant le fil du récit. Vous pourrez ainsi présenter l'histoire d'Amour et de Psyché devant la classe, en vous aidant d'un diaporama personnalisé.

1. **Nymphes** : voir note 3, p. 102.
2. **Cupidon** : voir note 3, p. 46.
3. Voir p. 94-101.

ACTIVITÉ

Atelier pour apprentis conteurs

Cercle-Oralité-Nuit-Texte-Écouter-Respirer

Pour devenir conteur à votre tour, nous vous proposons de partir des contes populaires que vous avez lus et de vous lancer dans leur oralisation, comme un conteur lors de la veillée.

➤ Choisissez votre conte

1. Maintenant que vous connaissez bien la trame du conte de Mme Leprince de Beaumont, relisez les contes populaires (p. 54-78), découvrez-en d'autres, et lisez-les à voix haute.

2. Repérez les formules d'ouverture et de fermeture des contes : elles ouvrent et referment la scène de l'imaginaire.

3. Repérez aussi le schéma narratif : il se répète, et en identifiant ses étapes, vous vous rappellerez mieux les péripéties[1].

4. Mettez en évidence les répétitions qui sont autant de moyens mnémotechniques[2] pour le conteur. Souvent, les demandes des sœurs sont répétées et celle de la benjamine déclenchera l'histoire. De même, les épreuves de l'épouse imprudente dans « Courbasset, petit corbeau » (p. 58) sont plus faciles à mémoriser si vous retenez l'ordre des objets magiques.

5. Essayez de dire les contes à voix haute en ayant le texte sous les yeux : vous verrez ainsi lequel vous plaît le plus, vous correspond le mieux (longueur, vocabulaire, péripéties, images et métaphores[3], fin).

....

1. **Péripéties** : aventures, événements.
2. **Mnémotechniques** : qui rendent la mémorisation plus facile.
3. **Métaphores** : voir note 2, p. 107.

➤ Phase préparatoire

1. Choisissez votre conte et entraînez-vous à le dire à la maison.

2. N'hésitez pas à l'adapter en gardant l'histoire originale : un grand collecteur de contes bretons, F.-M. Luzel, disait que la trame d'un conte pouvait varier en fonction du conteur mais aussi en fonction du public. Vous pouvez le simplifier sans réduire le sens ; vous pouvez l'enrichir par une image de votre invention : un conte populaire oral renaît à chaque mise en voix ! Vous pouvez improviser des variations, dans le respect de l'esprit de l'histoire, et créer ainsi une connivence avec votre public.

3. N'hésitez pas à visualiser le « film » de l'histoire au fur et à mesure que vous oralisez votre conte : souvent, un détail qui vous a intrigué, séduit ou choqué va mieux s'imprimer dans votre mémoire. La rose qui saigne, le corbeau qui s'envole avec sa bien-aimée, les chaussures de fer – autant d'images frappantes que vous retiendrez.

4. Sollicitez, si vous le souhaitez, l'aide de camarades pour ponctuer votre prestation (bruitages, souffleur, passages du conte pris en charge par un ami : un dialogue, une prise de parole...).

5. Vous pouvez inventer une phrase introductive : ce sera votre signature (par exemple : « Cric, crac, le conte est dans mon sac... », pour finir sur : « Cric, crac le conte est dans votre sac »).

6. Vous pouvez vous accompagner du son d'une clochette ou d'un instrument de musique.

7. Vous pouvez esquisser quelques gestes, mais ne théâtralisez pas trop : vous risquez de perdre le fil de l'histoire !

➤ La veillée peut commencer...

1. Choisissez un moment adapté à l'écoute : un matin ou en début d'après-midi, après le début du cours et non à la fin... Vous pouvez aussi organiser avec vos camarades une veillée à laquelle vous inviterez amis et famille. Installez-vous dans un lieu calme : un coin du CDI sera parfois plus convivial que la salle de cours.

2. Préparez une ambiance conforme à votre histoire : la pénombre peut stimuler l'imaginaire, le clair-obscur créé par quelques bougies accompagnera efficacement votre récit.

3. Au moment de conter, tracez un arc de cercle et disposez votre public autour de vous, préparez votre auditoire par une petite introduction qui créera le mystère.

4. Ne parlez pas trop vite, variez le ton et les intonations. N'hésitez pas à répéter le nom des personnages pour que le public comprenne bien : écouter, ce n'est pas lire !

Belles et bêtes sont prêts à surgir : vous êtes le maître du conte !

■ Gravure d'après Louis Léopold Boilly (1761-1845), *Et l'ogre l'a mangé*, 1824.

MA FICHE DE LECTURE

Fiche de lecture sur :

Un livre écrit par :

Ma couverture :

Le livre en une phrase :

Les citations qui m'ont marqué(e) :

....

....

....

....

....

....

Un mot que j'ai appris en lisant :

....

Un livre / un film / un tableau / un morceau de musique auquel cette lecture m'a fait penser :

....

Mon avis personnel sur le livre :

....

....

....

....

....

....

Mon verdict sur 5 étoiles :

★ ★ ★ ★ ★

Crédits iconographiques

p. 7 : Portrait de Jeanne-Marie Leprince de Beaumont (1711-1780), gravure de Delvaux d'après Delatour, 1762. © Albert Harlingue / Roger-Viollet
p. 10, A : Portrait de Charles Perrault (1628-1703) par Philippe Lallemant (1636-1716), 1672, Versailles, musée et domaine national de Versailles et de Trianon. © Photo Josse / Bridgeman Images
p. 10, B : Portrait de Gabrielle Suzanne Barbot, madame Gallon de Villeneuve (1695?-1775), Louis Carrogis dit Carmontelle (1717-1806), 1759, Chantilly, musée Condé. © Musée Condé, Chantilly / Bridgeman Images
p. 11, C : Portrait de Mme Leprince de Beaumont. Portrait anonyme peint sur ivoire, XVIIIe siècle, collection particulière. © Michel Urtado
p. 11, D : Jacob et Wilhelm Grimm, les frères Grimm, gravure, 1880. © UIG / Bildagentur-online / Photo12
p. 21 : Illustration par Walter Crane (1845-1915) pour *La Belle et la Bête*, Londres, John Lane, 1896. © Leonard de Selva / Bridgeman Images
p. 21 : Photogramme de *La Belle et la Bête* de Jean Cocteau, avec Jean Marais (la Bête), 1946, © GR Aldo pictures. Photo © Cinémathèque française
p. 22 : Illustration d'une scène du livre *Beauty and the Beast*, où la Bête réprimande le marchand pour avoir cueilli une rose dans son jardin, par Walter Crane, Londres, John Lane, 1896, conservé à la New York Public Library. © Gado Images / Alamy / Photo12/
p. 22 : Illustration d'une scène du livre *Beauty and the Beast*, où le marchand rentre chez lui tristement et donne à la Belle la rose cueillie dans le jardin de la Bête, par Walter Crane, Londres, John Lane, 1896, conservé à la New York Public Library. © Gado Images / Alamy / Photo12
p. 23 : Affiche du film *La Belle et la Bête* de Jean Cocteau, avec Jean Marais (la Bête) et Josette Day (la Belle), 1946. © Collection Cinémathèque française
p. 28 : Photogramme de *La Belle et la Bête* de Jean Cocteau avec Jean Marais (la Bête) et Josette Day (la Belle), 1946. © GR Aldo pictures Cinémathèque française
p. 41 : « Tous les soirs, la Bête entretenait la Belle pendant le souper », gravure de Bertall illustrant les *Contes des fées, tirés de Perrault, de Mme d'Aulnoy et de Mme Leprince de Beaumont*, Paris, Hachette, 1860. © BnF
p. 44 : « La Belle et la Bête », conte de Mme Leprince de Beaumont (1711-1780), gravure de Texier d'après Huot, 1757, Paris, BNF. © Roger-Viollet
p. 78 : « Costume de loup-garou dans le ballet royal de la Nuit de Jean-Baptiste Lully (1632-1687) dansé par Louis XIV, 23 février 1653 », Paris, Bibliothèque de l'Institut de France. © Archives Charmet / Bridgeman Images
p. 124 : *Et l'ogre l'a mangé*, lithographie de Charles Louis Constans d'après Louis Léopold Boilly (1761-1845), 1824, Paris, musée Carnavalet. CC0 Paris Musées / Musée Carnavalet

Imprimé à Barcelone par:
CPI Black Print

ISBN : 978-2-0802-5236-4
ISSN : 1269-8822

N° d'édition : L.01EHRN000681.N001
Dépôt légal : août 2021